Knaur

Über den Autor:

Scott Phillips, 1961 in Wichita, Kansas, geboren und aufgewachsen, arbeitete lange Jahre als Lehrer und Übersetzer in Paris. Inzwischen lebt er mit seiner Frau und seiner kleinen Tochter in Südkalifornien und schreibt an seinem zweiten Roman.

Scott Phillips

Alles in einer Nacht

Roman

Aus dem Amerikanischen
von Karl-Heinz Ebnet

Knaur

Die amerikanische Originalausgabe erschien unter dem Titel
»The Ice Harvest« bei Ballantine Books, New York

Besuchen Sie uns im Internet:
www.knaur.de

Deutsche Erstausgabe 2001

Redaktion: Claudia Alt
Umschlaggestaltung: ZERO Werbeagentur, München
Umschlagabbildung: Zefa, Düsseldorf
Satz: Ventura Publisher im Verlag
Druck und Bindung: Nørhaven A/S
Printed in Denmark
ISBN 3-426-61807-9

5 4 3 2 1

Für Anne, mit all meiner Liebe

Wichita, Kansas
Heiligabend 1979

Erster Teil

1

Es war 16 Uhr 15 an einem kalten, trockenen Heiligabend, als ein nervös wirkender Mann mittleren Alters in einem teuren Mantel den Midtown Tap Room betrat, sich mit der Membership-Karte in der Hand an das vordere Ende der Theke stellte und darauf wartete, dass die Barfrau sich vom Telefon löste. Sie war um die vierzig, gedrungen, fast grobschlächtig, ihr Gesicht glänzte, und ihr spülwasserblondes Haar hatte sie sich offenbar selbst geschnitten, als sie sternhagelvoll war. Er wusste, dass sie ihn bemerkt hatte, sie gab sich aber alle Mühe, so zu tun, als würde sie ihn nicht sehen. Sie musste sich dazu seltsam verdrehen, lehnte mit der Hüfte gegen die Rückwand der Bar und blickte zur Hintertür, sodass sie weder den Anwalt noch den hinter ihr angebrachten Spiegel im Blickfeld hatte.

Nur ein einziger weiterer Gast war zu dieser Stunde anwesend, ein kleiner, spindeldürrer junger Mann in einer zugeknöpften Jeansjacke. Er saß auf einem Barhocker, die Ellbogen auf dem Tresen, seine Wange ruhte auf dem Handgelenk, und die

Glut der Zigarette, die er zwischen Zeige- und Mittelfinger hielt, brannte sich gefährlich nahe an die Spitze seiner eingefetteten Haartolle heran. Er hatte die Augen geschlossen, sein Mund stand offen.

Der Anwalt knöpfte seinen Mantel auf, wartete eine Weile und hörte der Unterhaltung der Barfrau zu. Sie besaß den ersten Anflug einer rauen Trinkerstimme, und hätte er sie am Telefon gehört, ohne sie zu sehen, hätte er gedacht, sie klinge sexy. Sie schien mit einer Wohnungsgenossin Probleme zu haben, es ging um eine Stoßstange, einen geliehenen Wagen, eine fehlende Versicherung, und es sah nicht so aus, als würde sie sich bald um ihn kümmern.

Er konnte sich nicht erinnern, den Tap Room jemals bei Tageslicht gesehen zu haben – wenn denn das trübe, graue Licht, das durch die verdreckten Fenster fiel, als solches bezeichnet werden konnte. Die Bar befand sich in einem langen, schmalen alten Gebäude, besaß eine verbeulte Wellblechdecke und eine lange Eichentheke. An der Ziegelwand hinter der kleinen Musikerbühne hing eine riesige schwarze Uhr mit fluoreszierenden purpurroten Ziffern, und die gesamte gegenüberliegende Wand wurde von mit rotem Vinyl überzogenen Sitzabteilen eingenommen. Das Ganze war mit billigen Stechpalmen und Mistelzweigen aus Plastik festlich dekoriert. Alle Wände waren in etwa zwei Meter Höhe mit bunten weihnachtlichen Lichtergirlanden geschmückt, die im Moment ausgeschaltet waren. Das ist das letzte Mal, dass ich diese Bar sehe, dachte er, leicht überrascht über seinen Gedanken. In den vergangenen fünfzehn Jahren hatte er nie länger als zwei oder drei Tage am Stück die Stadt verlassen.

Der gellende Aufschrei der Barfrau unterbrach seine Gedanken. »O Gott, Gary, du zündest dir ja das Haar an!« Gary blickte sichtlich verwirrt auf, während sie mit einem nassen Lumpen gegen seine schwelende Tolle patschte. Es kam nur ein schwaches protestierendes Murmeln, als sie ihm seine Zigarette wegnahm, im Aschenbecher ausdrückte und diesen dann hinter der Theke abstellte. »Anscheinend kann man dich damit nicht alleine lassen«, sagte sie und konfiszierte seine Zigaretten und das Feuerzeug. Er wollte etwas zu seiner Verteidigung erwidern, hielt dann inne, schloss wieder die Augen und legte seinen Kopf auf die Hände. »Du bekommst sie morgen wieder«, sagte sie. »Noch einen Drink?« Gary nickte, ohne die Augen aufzuschlagen.

Mit gespielter Überraschung sah sie zu dem Neuankömmling hinüber. »Oh, hallo. Hab Sie gar nicht kommen sehen.« Sie warf einen flüchtigen Blick auf seine Membership-Karte. »Was kann ich Ihnen bringen?«

»C. C. Waterback.« Sie drehte sich wortlos um und begann seinen Drink zu machen, dem sie einen weiteren für Gary folgen ließ. »Ist Tommy hier?«, fragte der Mann, als sie die Drinks abstellte.

»Nein. Der kommt erst heute Abend.«

»Können Sie ihm das von mir geben?« Er reichte ihr einen Umschlag.

»Klar«, antwortete sie. Sie nahm den Umschlag entgegen und drehte ihn einige Male um, als suchte sie nach irgendwelchen Anweisungen.

»Sagen Sie ihm, er kommt von Charlie Arglist.«

»Charlie Arglist?« Diesmal klang ihre Stimme aufrichtig überrascht. Sie senkte den Kopf, hielt ihn etwas schief und inspizierte ihn eingehend. »Charlie, sind das wirklich Sie?«

»Ja …« Er war sich in diesem Augenblick sicher, dass er diese Frau noch nie in seinem Leben gesehen hatte.

»O Gott, Charlie, ich bin's, Susie Tannenger. Wow, Sie haben sich kein bisschen verändert.« Sie trat einen Schritt zurück, damit er sie besser betrachten konnte. Die Susie Tannenger, an die er sich erinnerte, war ein hübsches, geschmeidiges Mädchen gewesen, mindestens sechs oder acht Jahre jünger als er. Er hatte vor ungefähr zehn Jahren ihre Scheidung betreut, in deren Verlauf ihr Ehemann, ein Pilot, einige Male gedroht hatte, ihn umzubringen.

Sie kam um die Theke und umarmte ihn, garniert mit einem diskreten kleinen Stoß mit der Hüfte. Ihr Exmann hatte allen Grund gehabt, ihn umbringen zu wollen; er hatte sein Anwaltshonorar – auf ihren Vorschlag hin – in Naturalien auf seinem Schreibtisch in Empfang genommen.

»Ist das Leben nicht komisch? Sind Sie immer noch Anwalt? Hey, Gary, stell dir vor, dieser Typ hat meine erste Scheidung durchgezogen.«

Gary blickte auf, kniff für den Bruchteil einer Sekunde die Augen zusammen, grunzte dann etwas und überließ sich wieder seinen privaten Betrachtungen.

»Charlie, das ist mein Verlobter, Gary. Scheiße, ich wusste nicht, dass Sie immer noch in der Stadt sind. Wir sollten uns mal treffen.«

»Ja, das sollten wir.« Charlie kippte seinen Drink und legte einen Fünf-Dollar-Schein auf den Tresen. »Gut, ich hab noch ein paar Weihnachtseinkäufe zu erledigen. Schön, Sie wieder mal gesehen zu haben, Susie.«

Sie schnappte sich den Geldschein und gab ihn zurück. »Ihr Geld ist hier nichts wert, Anwalt. Frohe Weihnachten!«

»Danke, Susie. Gleichfalls.« Er ging zur Tür. Draußen wurde es dunkel. Susie hatte die Lichter an der Decke noch nicht angeschaltet. Aus der Entfernung, im fahlen, rauchigen Licht glaubte er fast sie wiederzuerkennen. »Und Ihnen beiden ein gutes neues Jahr!« Damit schob er die Tür auf und trat hinaus aufs Eis.

Als sich die Tür schloss, seufzte Susie und blickte

zu Gary, dessen Kopf mittlerweile auf die Theke gewandert war und der zu schnarchen begonnen hatte. »Da geht sie hin, zweitleichtfertigste Nummer, die ich jemals gemacht habe«, sagte sie.

Scheiß drauf, ob ich mich bei Tommy noch verabschiede oder nicht, dachte Charlie. Hinter dem Steuer des Firmenwagens war es trocken und warm; es war ein nagelneuer schwarzer Lincoln Continental, Baujahr 1979, der beste Wagen, den er jemals gehabt hatte. Er fuhr ohne bestimmtes Ziel in Richtung Westen, es war dunkel und bewölkt, einer jener Tage, an denen man nicht sagen konnte, ob die Sonne überhaupt noch am Himmel stand. Aber es hatte noch nicht zu schneien begonnen. Er fuhr am Hardee's gegenüber der Grove High School vorbei, beobachtete die Jugendlichen, die auf dem Parkplatz herumhingen, wie er es getan hatte, als er noch zur Schule gegangen war, damals, als der Laden noch ein Sandy's war. Seine Kinder würden nicht auf die Grove gehen, obwohl sie nicht weit davon entfernt wohnten. Sie waren bereits bei einer der neuen und wahrscheinlich hübscheren Schulen weiter im Osten der Stadt angemeldet. Was gut für sie war, zum Teufel mit dem Nostalgiescheiß. Er holte den Flachmann aus der Innenseite seines Mantels und nahm einen großen Schluck. Wär 'ne gute Zeit, um im Sweet Cage vorbeizuschauen. Die Nachmittagsschicht wäre gerade zu Ende, und es gab dort einige Stripperinnen, die er gerne noch ein letztes Mal gesehen hätte. Es war kurz nach 16 Uhr 30, und er musste noch neuneinhalb Stunden totschlagen.

Charlie hatte beide Hände oben auf dem Lenkrad und versucht den Flachmann zuzuschrauben, als er den Polizeiwagen erblickte, der links hinter ihm fuhr und stetig aufholte. Er packte das Lenkrad mit der linken Hand, nahm mit der rechten den Flachmann nach unten und verschüttete etwas Bourbon auf sein Hosenbein.

»O Scheiße …« Er besah sich den Fleck, der etwas rechts vom Schritt saß. »Sieht aus, als hätte ich mir in die Hose gemacht, verdammt noch mal.« Er sah auf, als er spürte, wie der Wagen ins Schlingern kam, fing ihn im letzten Moment ab und brachte ihn wieder auf die rechte Fahrspur. Der schwarzweiße Wagen setzte sich neben ihn. Charlie blickte ruhig hinüber. Der Bulle auf dem Beifahrersitz kurbelte sein Fenster herunter, Charlie tat es ebenso.

»Die Straße ist ziemlich vereist, Anwalt«, schrie der Bulle, der seinen Kopf in den schneidenden Wind hielt.

»Kann man wohl sagen, Officer.« Er versuchte, sich an den Namen des Polizisten zu erinnern.

»Sie fahren über sechzig in einer Schulzone, ist Ihnen das klar?«

»Scheiße. Tut mir Leid.« Charlie nahm den Fuß vom Gaspedal, die Bullen verlangsamten parallel zu ihm das Tempo.

»Sie können nie wissen, wer Sie hier aufs Korn nimmt, Mister Arglist.«

»Danke. Sie haben was gut bei mir.«

»Frohe Weihnachten!«

»Frohe Weihnachten, Jungs.« Er hob den Flachmann und prostete ihnen kurz zu. Sie beschleunigten, lachten und winkten. Noch mal Glück gehabt, dachte er. Er schaltete das Radio ein und drehte den Sendersuchknopf zwischen Daumen und Zeigefinger hin und her, bis er einen fistelstimmigen Polizeireporter auf Kurzwelle gefunden hatte, der kurz, aber detailliert von einer Schlägerei in einer Kneipe, einem vereitelten Einbruchsversuch am helllichten Tag und einer Serie von Autodiebstählen an der örtlichen Shopping Mall berichtete. Er schloss seinen Bericht mit dem Rat des Polizeipräsidenten an die Kunden, ihre Wagen abzuschließen und die Zündschlüssel abzuziehen. Es folgte ein ebenso fistelstimmiger Country-Sänger, der dünn und nasal »On the First Noël« vor sich hin leierte. Charlie nahm einen weiteren Schluck und fragte sich, wer zum Teufel am helllichten Tag einen Einbruch begehen sollte, noch dazu an Heiligabend.

2

Es war wenig los im Sweet Cage. Die Büroangestellten, die sonst nach fünf Uhr eintrudelten, waren alle zu Hause bei ihren Familien oder ließen sich bei den Firmenfeiern volllaufen. Neben Charlie waren nur noch einige dumpfe College-Jungs und ein pensionierter Postangestellter namens Culligan anwesend, um die künstlerische Darbietung von Rusti zu bewundern, einer 21-jährigen Rothaarigen mit einem blauen Auge und einer Farrah-Fawcett-Majors-Haarpracht. Ein ungelenkes, bläuliches Vogel-Tattoo wippte oberhalb ihrer linken Brustwarze, der rechte Nippel war von den Worten »FREE BIRD« umschlungen, während sie wie immer in ihrer langsamen, lasziven Art tanzte und entschieden das Tempo des Songs aus der Jukebox ignorierte. Sie hatte die Ellbogen seitlich weggestreckt und ließ sie vor- und zurückgleiten, im Gegensinn dazu kreiste die Hüfte, und ihr Kopf nickte arhythmisch, während ihr Blick irgendwo in die Leere ging.

Charlie hatte sie einmal auf diesen abwesenden Blick angesprochen, und sie hatte ihm erklärt, sobald ihr Ober- und Unterteil auf der Bühne lägen und sie sich nicht mehr konzentrieren müsse, fiele sie in einen tranceartigen Zustand, in dem sie in Kommunikation mit den Toten trete und die Musik nicht mehr wahrnehme, zu der sie tanze. Charlie hatte ernst genickt und höflich ihr Angebot ausgeschlagen, einen ihm nahe stehenden Verschiedenen zu kontaktieren.

Einer der College-Schüler, ein Junge in einer Schaffelljacke und Wanderschuhen, starrte sie auf der winzigen, runden Bühne mit intensiv trauriger Miene an, als wollte er jeden Moment losheulen.

Charlie beobachtete ihn von der Theke aus. Er fragte sich, ob er ein zurückgewiesener Verehrer sei. Auch der Barkeeper, ein großer, glupschäugiger Mann mit ungekämmtem, schwarzem Kraushaar, hatte ein wachsames Auge auf den Jungen. »Wer hat ihr denn das blaue Auge verpasst, Sidney?«, fragte Charlie.

»Das Arschloch von ihrem Freund, vor zwei Tagen. Ich wollte ihm seine beschissenen Hände brechen. Aber sie flehte mich an, es nicht zu tun, sie meinte, es täte ihm wirklich Leid und es würde nie wieder passieren, der ganze Scheiß eben. Sie sagt, sie liebt ihn.«

»O Gott, wie schrecklich.«

»Ich werde ihm trotzdem die Hände brechen, Charlie, ich schwör's, bei Gott.«

»Ist das der Junge, der sie so anstarrt?«

»Nein, das ist nur so 'n Typ, sagt, er wär mit ihr in die High School gegangen. Ihr Freund ist so ein kleiner, dürrer beschissener Sack, der glaubt, er wird mal ein großer Rockstar.« Sidney ließ einen Akkord auf einer Luftgitarre los.

»Deswegen willst du ihm die Hände brechen und nicht die Arme oder Beine.«

»Du sagst es. Weißt du, wie viele Knochen so eine menschliche Hand hat?«

»Keine Ahnung.«

»Ich weiß es auch nicht, aber ich werde sie ihm alle brechen.«

Die Bürotür ging auf, und eine große Frau in einem Nadelstreifenanzug mit schwarzen Highheels trat hinter die Theke. Ihr schwarzes, von einigen grauen Strähnen durchzogenes Haar war oberhalt ihres langen Halses zu einem strengen Knoten gebunden, Lachfalten waren in ihrem Gesicht nicht zu entdecken. Ihr genaues Alter und ihre Herkunft waren seit Jahren Thema müßiger Spekulationen; sie konnte fünfunddreißig, vielleicht auch fünfundfünfzig sein, ihr Akzent war so schwach und amerikanisiert, dass man sie kaum einem bestimmten Land zuordnen konnte. Charlie hatte gehört, sie stamme aus Französisch-Kanada, aus Griechenland, der Tschechoslowakei, aus Brasilien, der Sowjetunion oder aus Portugal – alles ein willkürliches Stochern im Dunkeln.

Sie betrachtete die spärliche Menge und schüttelte den Kopf. »Die Leute glauben, nur weil Weihnachten ist, könnten sie sich plötzlich keine Titten und Ärsche mehr ansehen.«

Sidney nickte. »Gott und dem Weihnachtsmann entgeht nichts.«

Sie kam um die Theke, ließ sich neben Charlie auf einem Hocker nieder und breitete vor sich einige amtliche Dokumente aus. Sidney reichte ihr eine Flasche Bier. »Hi, Charlie.«

»Hi, Renata. Wie geht's?«

»Beschissen.« Sie blinzelte, sah aber nicht von den Papieren auf. »Vielleicht muss ich den Club vor die Stadtgrenze verlegen.«

»Wirklich?«

»Entweder das oder den Mädchen G-Strings anziehen oder kein Bier mehr ausschenken. Was anderes bleibt wohl nicht. Sieht so aus, als ob die Stadt Stripperinnen in Bars mit Bierlizenz verbieten möchte.«

Sidney schlug mit der Faust so hart auf die Theke, dass jeder im Raum aufschreckte – außer Rusti, die ihr außerweltliches Adagio ungerührt fortführte. »Das stinkt doch zum Himmel!«

Renata klopfte ihm besänftigend auf die Schulter, ohne besonders mitfühlend auszusehen.

»Aus der verfluchten Stadt wird noch ein richtiges Scheißloch. Ich bin kurz davor, hier abzuhauen, keine Frage.« Grummelnd verschränkte er seine massigen Arme vor der Brust.

»Wir haben draußen im County immer gute Geschäfte gemacht«, warf Charlie beschwichtigend ein.

»Ja, aber ihr habt nicht die Angestellten, die nach der Arbeit hierher kommen, oder?«, sagte Renata. »Von denen lebe ich. Was zum Teufel habt ihr dort draußen schon für Kunden, wieviel Trinkgeld geben die denn? Eure Mädchen können doch kaum ihre Bühnenmiete bezahlen. Scheiße, vielleicht muss ich ihnen G-Strings anziehen, mal sehen, ob das die Sache ein wenig aufhält.«

Sidneys Wutanfall war noch nicht vorüber. »Scheißdreck! Die Leute kommen doch hierher, weil sie Muschis sehen und Bier trinken wollen! G-Strings und Limo, is' doch für'n Arsch.«

Renata zuckte mit den Schultern. »Ja«, gab sie zu, »sie wollen Muschis sehen, genau.« Seufzend betrachtete sie die vor ihr ausgebreiteten Papiere.

»Ich weiß nicht, ich denke, es sind mindestens zwei in der Kommission, die vielleicht ihre Meinung noch ändern werden. Die Sache ist noch nicht verloren.«

»Doch, das ist sie. Da ändert keiner seine Meinung, glaub mir. Ich hab beide hart bearbeitet. Wir sind am Arsch.«

»Möglich.« Die Sache interessierte ihn eigentlich nicht, nicht mehr zu diesem Zeitpunkt, aber er hasste es, wenn Renata mit dem Rücken zur Wand stand.

»Ich wollte, ich hätte dieses Foto, Charlie.«

»Welches Foto?«, fragte Charlie.

»Du weißt verdammt noch mal sehr gut, welches Foto ich meine. Das Problem ist, Bill Gerard besitzt keinerlei Solidaritätsgefühl.«

Sidney schnaubte. »Dieses Bild würde ich nur zu gern auf der Titelseite der Morgenzeitung sehen«, sagte er.

Charlie beugte sich über die Theke. Eine Idee nahm Gestalt an. Was kümmerte es ihn, was mit dem Foto geschah, wenn er sowieso nicht mehr hier war? Es war nur eine weitere Gelegenheit, Deacon und Bill Gerard und der ganzen Bande eins auszuwischen. Sollen sie doch am Weihnachtsmorgen aufwachen und feststellen, dass ihr Ass, das sie im Ärmel hatten, und alles andere zusammen mit Charlie und Vic verschwunden war.

»Sidney, ich geb dem Anwalt heute ein Bier aus«, sagte Renata. Sie erhob sich, trat hinter Charlie und legte ihm die Hände auf die Schultern. Ihre langen, manikürten roten Fingernägel pressten sich durch den Stoff seines Mantels und seines Hemds. Sofort spürte er, wie ihm das Blut in die Lenden schoss, an seinem Haaransatz kribbelte es und seine Wangen röteten sich. Sie drückte ihn einige Male liebevoll, und er war sich sicher, dass sie wusste, was ihm durch den Kopf ging. »Wir reden später darüber, Charlie.« Sie begab sich in Richtung Eingang. »Bin in ein paar Stunden wieder zurück«, rief sie Sidney zu, ohne sich umzudrehen. Bis auf Rustis liebestrunkenen Klassenkameraden starrte jeder Mann im Raum auf die Bewegungen ihrer unter Nadelstreifen verborgenen Hüften. Keine Stripperin im Sweet Cage hatte es jemals auch nur annähernd mit Renatas Klasse aufnehmen können, und keiner, den Charlie kannte, hatte gesehen, dass sie jemals mehr ausgezogen hätte als ihr Jackett.

Als die Tür hinter ihr mit einem dumpfen Schlag ins Schloss fiel, waren alle Blicke darauf gerichtet. Nur zögernd wandten die Gäste ihre Aufmerksamkeit wieder auf Rusti oder ihr Bier und sahen dabei aus, als wären sie soeben aus einem behaglichen, aber völlig unwirklichen Traum erwacht. Culligan, dessen Aufmerksamkeitsspanne durch jahrelanges Saufen enorm verkürzt schien, war der Erste, der sich wieder fing. Begeistert applaudierte er, als die Jukebox verstummte und Rusti wieder zu den Lebenden zurückkehrte. »Raus mit dem Trinkgeld, Jungs, das war 'ne verdammt gute Show!«, rief er mit freudig krächzender Stimme. Glückselig fasste er in seine Brusttasche und reichte Rusti einen Zehn-Dollar-Schein, den sie in ein Highball-Glas am Rand der Bühne steckte. »Los, Kumpels, seid nicht knauserig, sie hat 'ne verteufelt gute Show hingelegt.« Einige der College-Jungs zückten widerwillig ihre Brieftaschen und kramten in ihrem Kleingeld. Der Junge in der Schaffelljacke starrte nur ebenso trübselig wie zuvor auf Culligan. »Seht ihr das?«, fuhr Culligan fort. »Das nenn ich eine rothaarige Möse, das ist das einzig Wahre. Da ist nichts gefärbt, nicht bei Rusti, nein, nein, Sir, das ist zu hundert Prozent eine natürliche Rothaarmöse.«

Es gehörte zum Standardrepertoire des Alten, das er nach jeder Vorstellung der Stripperinnen abzog. Rusti schien es noch nicht einmal zu hören, der Gesichtsausdruck des Jungen allerdings verwandelte sich von verzweifelter Verliebtheit in mörderische Wut. Culligan leckte sich obszön schlürfend die Oberlippe, seine wässrigen Augen glänzten blödsinnig. »So 'ne Möse, die habt ihr noch nicht geschmeckt, das garantier ich euch …«

Der Junge erhob sich von seinem Platz, stieß einen Schrei aus, der irgendwo zwischen Schluchzen und Kriegsgeheul lag, und stürzte sich auf Culligan, dessen Sitz mit einem hörbaren Krachen unter ihm nachgab.

»Halt's Maul, halt dein beschissenes Maul!«, schluchzte der Junge fortwährend.

»Scheiße«, sagte Sidney und fasste nach dem Baseball-Schläger. Charlie beugte sich zur Seite, damit der massige Mann sich über die Theke schwingen konnte, anschließend schlenderte er durch den Raum und klatschte sich den Schläger gegen die linke Handinnenfläche.

Rusti stand das Entsetzen im Gesicht. »Donny!«, schrie sie. »Hör auf! Lass ihn los!« Donny schien sie nicht zu hören. Seine Gefährten erhoben sich nervös, als wollten sie ihm zu Hilfe eilen, doch ein Blick von Sidney genügte, und sie verzogen sich nach hinten, weg vom Ort des Geschehens.

»Ich bin ein Krüppel, ich bin ein Krüppel«, jaulte der Alte, »tu mir nichts.« Donny hatte ihn nur im Schwitzkasten, und Charlie tat der Junge fast Leid, als er den Aufprall des Schlägers auf der Kniescheibe hörte. Der Junge schrie vor Schock und Schmerzen auf, rollte von Culligan weg und lag dann mit weit aufgerissenen Augen auf dem Boden. Er hielt sich das Knie und rang nach Atem. Culligan, der nun doch bemerkte, dass ihm nichts fehlte, ließ sich auf einem anderen Stuhl nieder.

»Sidney, hör auf! Das reicht!«, brüllte Rusti von der Bühne. Donny, gerührt vom Mitgefühl, das ihm seine Angebetete entgegenbrachte, blickte kurz zu ihr auf, und in diesem Moment ging der Schläger auf sein rechtes Schienbein nieder. Rusti sprang von der Bühne und warf sich weinend über ihn. »Donny, Donny, hat er dir wehgetan?«

Schwer atmend stützte sich Sidney lässig wie

ein Kricketspieler auf den Schläger. »Verdammte Scheiße, natürlich hab ich ihm wehgetan.«

Die drei Jungs bewegten sich zur Tür. »Hey!«, bellte Sidney, richtete sich auf und zeigte mit dem Schläger auf sie. Sie erstarrten auf der Stelle. Er schwang den Schläger in Richtung des Highball-Glases mit seinem einsamen Zehn-Dollar-Schein.

»Gebt der Lady ein Trinkgeld.« Gehorsam kamen sie nach vorn, traten um ihren gefallenen Kameraden, und jeder stopfte einige Dollarscheine in das Glas, bevor sie sich wieder zur Tür aufmachten.

»Ihr müsst nicht gehen, Jungs«, rief Culligan; sein Kurzzeitgedächtnis war zu schwach, um ihnen sonderlich böse zu sein. »Bleibt noch für Amy Sues Nummer, die wird euch einheizen.«

»Ja«, sagte Sidney. »Bleibt. Euer Kumpel aber, der wird draußen warten müssen.« Donny lag noch immer am Boden und weinte sich in Rustis Armen aus.

»Donny, Donny ...« Sie wiegte ihn sanft in den Armen und strich ihm mit ihren kurzen Fingern durchs Haar. »Armer kleiner Donny.« Er sagte etwas, das keiner verstand. »Was? Ich versteh dich nicht.«

»Ronny«, kam es von ihm nun lauter. »Ich heiße Ronny.«

Amy Sue, eine klapperdürre Brünette in einem glänzend blauen Bikinihöschen mit dazu passendem Oberteil, wählte an der Jukebox ihre Songs. Sie sah sich im Raum um und ließ sich von der spärlichen Besucherschar nur unmerklich entmutigen. Ihr erster Song setzte ein, sie stieg auf die Bühne und begann zu tanzen.

»Okay«, sagte Sidney und klopfte mit der Schlägerspitze gegen Ronnys Wanderschuhe. »Zeit zu gehen, Kumpel.«

»Komm, Ronny«, sagte Rusti. »Wir können uns in meinen Wagen setzen, solange sich deine Freunde Amy Sue ansehen.« Sie half ihm auf die Beine, bedeckte sich mit dem Umhang, den Amy Sue soeben abgelegt hatte, nahm dann von ihrem schwankenden, brabbelnden Gefährten die Schaffelljacke und zog sie an. Er schien es kaum zu bemerken, so überwältigt war er von den Schmerzen in seinem Knie und der unerwarteten Aufmerksamkeit, die ihm sein weibliches Idol entgegenbrachte. Sie begleitete ihn nach draußen, seine Freunde zuckten die Schultern und setzten sich wieder. Ihr Krug mit Bier war noch fast voll.

Sidney begab sich hinter die Theke und stellte Charlie ein neues Bier hin. »O Gott«, sagte er, »was kommt als Nächstes?«

Trotz seiner lautstarken Ankündigung verlor Culligan das Interesse an Amy Sue. Er humpelte zu Charlie, stützte sich dabei auf den Resopaltischen ab, an denen er vorbeikam, und sprach ihn an: »Wie sieht's aus, Charlie, fährst du vielleicht noch zum Rama hinaus?«

Vor einer Stunde noch hätte er da nichts verloren gehabt, nun ging es darum, das Foto aus Bill Gerards Händen in Renatas zu schaffen. »Ja, ich denke, ich fahr sofort los. Willst du mit?«

Culligan nickte wie ein Idiot. »Klar.«

Charlie leerte das frische Bier bis auf den Schaum und glitt von seinem Barhocker. »Ich komm später noch mal vorbei«, erzählte er Sidney.

»Bring ein paar Kunden mit«, erwiderte Sidney. »Sonst bleibt heute überhaupt nichts übrig.«

»Mach ich«, sagte er. Amy Sue, gekränkt, dass sie sich mitten in ihrer Vorführung davonmachten, starrte ihnen hinterher, als sie zur Tür gingen. Weder Charlie noch Culligan verschwendeten auch nur einen Gedanken an sie.

3

»Ich glaub, der Junge hat mich verletzt.« Winzige Speicheltropfen sprühten von Culligans Lippen gegen das Beifahrerfenster. Er streckte seinen krummen linken Arm gerade zur Seite und ließ den Unterarm wie ein Pendel vor und zurück schwingen, wobei er bei jedem Ausschlag Charlies rechtem Arm gefährlich nahe kam. »Der Arm funktioniert schon seit '43 nicht mehr.«

»Wegen des Kriegs?«

»Ach, Scheiße, nein, ich war nicht im Krieg. Eishockey. Alle Flugzeugfabriken hatten Mannschaften, meistens spielten wir am Sonntag. Und die meisten Typen meinten, sie müssten sich und den anderen was beweisen, sie glaubten nämlich, dass jeder sie für totale Versager oder Schwuchteln oder Feiglinge hielt, daher wurde aus jedem Spiel mehr oder weniger eine Schlägerei. Ich glaub nicht, dass auch nur einer von den Zuschauern kam, um sich Eishockey anzusehen.«

»Ich erinnere mich. Mein Dad hat mich zu ein paar Spielen mitgenommen, ich muss damals so sechs oder sieben gewesen sein. Das war in den letzten Kriegstagen.«

»Na ja, das ist also mit meinem Arm und meiner Hüfte passiert, dann hab ich noch ein künstliches Knie, das geht wahrscheinlich auf diesen fettärschigen Schweißer zurück, der mich mit einem Bodycheck direkt in die Bande rammte. Aber ich bin mit dem Schläger hinterher und hätte ihm fast das Auge ausgeschlagen.« Der Alte lächelte zufrieden und schwelgte in seinen Erinnerungen.

Es hatte leicht zu schneien begonnen. Die Landstraße war dunkel, nur in weiten Abständen schimmerten die Lichtkreise der wenigen Straßenlampen. Fahrzeuge waren nicht unterwegs. Der Club würde leer sein. Die letzte Chance für Charlie, die Flüche und Verwünschungen der Stripperinnen zu hören, die sich über das flaue Geschäft beschwerten – als wäre Weihnachten eine persönliche Erfindung von ihm, um sie alle zu verarschen.

Culligan neben ihm rezitierte die Litanei aller alkoholbedingten Übergriffe, die sein Körper im Lauf der Jahre zu ertragen gehabt hatte: Prellungen, Verrenkungen, gebrochene Knochen, eine Verbrennung dritten Grades an seinem nicht-gelähmten Arm. Fast alle hatte er direkt oder indirekt selbst verschuldet. Rustis junger Verehrer war nicht der erste Betrunkene, den Culligan zu einem tätlichen Angriff provoziert hatte.

»Warst du schon mal verheiratet, Charlie?«

»Was?«

»Ich sagte, warst du schon mal verheiratet?«

»Ja …«

»Dann weißt du ja, wovon ich rede. Die sind schlimmer als Männer. Sieh mal, hier …« Culligan deutete auf einen gezackten, schmalen Streifen glatter rosafarbener Haut, der fast seine gesamte linke Augenbraue durchtrennte und sich weitere drei Zentimeter zur Stirn hochzog. »Noch einen Zentimeter tiefer, und ich hätte mein Auge verloren.«

»Das hat deine Frau getan?«

»Verdammte Scheiße, ja. Ich hab's ihr aber heimgezahlt.«

»Du hast sie verprügelt?«

Culligan gab sich entrüstet. »Ich hab noch nie eine Frau geschlagen, in meinem ganzen Leben nicht. Herrgottnochmal, wofür hältst du mich eigentlich?«

Charlie zuckte mit den Schultern. »Entschuldigung.«

»Scheiße, nein, ich hab sie mit zwei Kindern im schulpflichtigen Alter sitzen lassen, für die musste sie dann selbst aufkommen.«

»Wusste nicht, dass du Kinder hast.«

»Klar. Die beiden und noch ein Mädchen, dürfte ungefähr in deinem Alter sein. Aber die wollen alle nichts mehr mit mir zu tun haben. Ihre Mütter haben sie gegen mich aufgestachelt.«

»Das tut mir Leid.«

»Zum Teufel, es kümmert mich nicht. Manche sind eben nicht dafür geschaffen, Vater zu sein.« Er schwieg eine Weile. »Weißt du, ob heute Abend Cupcake tanzt?«

Als sie in den Parkplatz einbogen, stellte Charlie fest, dass das Neonschild wieder repariert werden musste – obwohl es eigentlich keine Rolle mehr spielte. Die weißen Go-Go-Boots der Stripperin und das T und das O in »Tease-o-Rama« waren erloschen. Auf dem Platz standen drei Wagen. »Sieht aus, als hättest du die Show heute Abend ganz für dich allein«, meinte Charlie. Der Schneefall wurde noch ein wenig dichter.

Drinnen schrie lauthals eine der Stripperinnen auf den Barkeeper ein, der aufblickte, als Charlie und Culligan eintrafen. Die Frau beachtete sie nicht.

»Scheißweihnachten, warum soll ich umsonst arbeiten?« Sie trug einen glänzenden, goldfarbenen G-String und sonst nichts. »An diesem verfluchten Feiertag mach ich doch nur Miese! Ich könnte zu Hause sein und mit meinen Kindern den Heiligabend genießen!«

»Deine Kinder sind bei deinem Mann, Francie«,

erinnerte sie der Barkeeper mit seinem sanften, monotonen Bariton. »Sie sind in Denver.«

»Dennis, du beschissenes Arschloch, musst du mir das so direkt unter die Nase reiben?« Sie setzte sich auf den Barhocker und begann zu weinen.

»Komm schon, Francie, ist doch nicht so schlimm. Sieh mal, Culligan ist hier.« Francie blickte auf und betrachtete mit ihren verheulten Augen Culligan und Charlie. Culligan war außer sich vor Freude, sie zu sehen. »Hallo, Francie. Hast 'ne tolle neue Frisur.« Sie trug dieselbe Perücke wie immer, lange, schwarze Locken, die ihr über den Rücken fielen. Charlie kannte sie mittlerweile seit zehn Jahren und hatte nicht die geringste Ahnung, wie ihr wirkliches Haar aussah. So weit er wusste, konnte sie unter dem Ding auch völlig kahl sein.

Sie ignorierte Culligan und ging auf Charlie los. »Du hast gehört, was ich Dennis gesagt habe. Ich geh nicht auf die Bühne. Warum sollte ich dir fünfundzwanzig Dollar für die beschissene Bühnenmiete zahlen – wenn ich Glück habe, mache ich heute Abend zehn Dollar.«

Culligan war beleidigt. »Du weißt, Francie, ich bin immer für zwanzig gut.«

»Dann bin ich immer noch fünf in den Miesen. Ich soll diesem beschissenen Bill Gerard fünf Dollar zahlen, damit dieser alte geile Bock mir den ganzen Abend in die Möse gucken kann.«

Charlie seufzte. Die alte Leier, zum letzten Mal. Er hatte es sich in den sechs oder sieben Jahren tausend Mal anhören müssen, wahrscheinlich hundert Mal allein mit Francie. »Francie, du kannst nicht nur an den Abenden arbeiten, an denen du willst. Wenn du die heißen Nächte willst, musst du auch an den kalten arbeiten. Verpasst du einen festgelegten Termin, ohne dafür einen verdammt guten Grund zu haben, dann bist du weg vom Fenster. Verstanden?«

»Verstehe. Es ist Heiligabend, hier ist niemand, und trotzdem soll ich fünfundzwanzig Dollar Bühnenmiete zahlen, obwohl keiner von den beschissenen Gästen da ist, für die ich tanzen soll!«

»Ich bin hier«, krächzte Culligan mit gekränkter und vor Gier triefender Stimme.

»Komm, Francie, tanz für den alten Culligan«, kam es dröhnend von Dennis hinter der Theke.

Wütend fuhr sie zu ihm herum. »Ich hab's dir schon gesagt, auch wenn er mir zwanzig gibt, bin ich noch immer fünf in den Miesen.«

»Ich könnte noch fünf drauflegen, Süße«, winselte Culligan.

»Dann tanz ich noch immer umsonst.«

Charlie hob die Hand. »Ich sag dir was, Francie. Es ist Heiligabend, wenn du loslegst, geht die Bühnenmiete aufs Haus.«

Francie war so erstaunt, dass sie, was sehr ungewöhnlich für sie war, auf der Stelle verstummte. Dennis zog anerkennend die Augenbrauen hoch und beschäftigte sich dann mit dem Inventar seiner Bar. Culligan schob sich nach vorn, nahm Francie an der Hand und führte sie zu einer der winzigen Bühnen. Sie blickte zu Charlie zurück, noch immer unsicher, wie sie seine Geste verstehen sollte. »Danke, Charlie«, sagte sie.

»Was ist los, dass du dich plötzlich so spendabel gegenüber den Mädchen zeigst?« Dennis stellte ein Bier vor Charlie auf den Tresen, drehte sich dann um und schaltete die Lautsprecher an.

»Frohe Weihnachten, Dennis.« Er nahm einen langen Zug. Francie hatte auf der engen Bühne begonnen, für den entzückten Culligan zu einem schmalzigen Popsong zu tanzen. »Wer ist noch da?«

»Cupcake. Sie ist im Büro. Hab ihr gesagt, ich würde sie rufen, falls jemand auftaucht.«

»Hat sie schon ihre Bühnenmiete gezahlt?«

»Klar.«

»Gib sie mir.«

Dennis sah ihn skeptisch an, machte sich dann aber an der Kasse zu schaffen. »Du klärst das mit Vic?«

»Ist nicht nötig. Wenn es sein muss, zahl ich es aus der eigenen Tasche.«

Dennis reichte ihm zwei Zehner und einen Fünfer. »Ich glaub nicht, dass es darum geht, Charlie. Du schaffst hier einen Präzedenzfall.«

»Es ist Heiligabend, Dennis, Gottes Geburtstag.« Er ging mit Cupcakes Geld nach hinten zum Büro. Francie hatte bereits ihren G-String fallen lassen, kauerte in seltsamer Stellung vor Culligan und konzentrierte sich darauf, mit ihren Schamlippen einen Fünf-Dollar-Schein aus seiner gelähmten Hand aufzunehmen.

Cupcake saß in einem glänzenden, goldenen Bikini an Charlies Schreibtisch, las eine Taschenbuchbiographie über Gandhi und drehte sich dabei auf dem Schreibtischsessel zu der von draußen ertönenden Musik lustlos im Halbkreis hin und her. Sie blickte kaum auf, als Charlie den Raum betrat.

»Nach der Musik zu schließen sind Gäste gekommen.«

»Nur Culligan. Hier.« Charlie reichte ihr das Geld.

»Was zum Teufel ist das? Mein Weihnachtsgeld?«

»Deine Bühnenmiete. Geht heut Abend aufs Haus.«

Sie betrachtete skeptisch die Scheine in der Hand, zuckte die Schultern und schob sie in ihre Brieftasche. »Fünfundzwanzig Eier kann ich immer gebrauchen. Danke.« Sie runzelte die Stirn. »Ich hab heute Morgen Desirays Kinder gesehen.«

Charlie schluckte. »Wo?«

»Bei ihrer Schwester im Haus. Ich hab jedem ein kleines Geschenk gebracht.«

»Den Kindern geht's gut?«

»Wie sollte es ihnen gut gehen? Verdammt, Charlie. Ich glaub nicht, dass sich ihre Schwester große Sorgen um Desiray macht. Wahrscheinlich ist sie froh, dass sie sie los ist.«

Auch Charlie verspürte nur wenig Lust, sich über Desiray Gedanken zu machen. »Gut, sie wird schon wieder auftauchen.«

»O ja, klar wird sie das. Genauso wie der Weihnachtsmann, der heute Abend durch den Kamin kommt.«

Charlie räusperte sich und versuchte, einen Brocken kratzigen Schleim aus dem Rachen zu lösen. Er war bemüht, nicht allzu offensichtlich zum Safe zu blicken. »Geh doch schon mal an die Bar und sag Dennis, er soll dir ein Bier ausgeben.«

»Mir? Ein Bier ausgeben?«, fragte sie vorsichtig.

»Ja. Ich komme gleich nach.«

Sie legte ihr Buch auf den Schreibtisch und stand auf. »Das ist alles ziemlich merkwürdig, Charlie.« Sie ging hinaus, er hörte noch ihr erfreutes Kreischen durch die geschlossene Tür. »Culligan!«

Er ging zum Safe, stellte die Kombination ein und holte einen kleinen braunen Umschlag heraus, der lediglich einen 35-mm-Schwarz-Weiß-Negativstreifen enthielt. Er hielt ihn gegen das Licht. Die ersten drei Bilder waren Aufnahmen, die auf einer Party geschossen worden waren und nicht besonders interessant aussahen, das vierte aber war ein wahres Highlight: Es zeigte einen betrunkenen Stadtrat, der es einer sehr gelangweilt wirkenden Cupcake – ihr Blick war direkt in die Kamera gerichtet – von hinten besorgte.

Er spürte ein leises Bedauern, das Negativ Renata zu übergeben. Schließlich hatte der abgelichtete Stadtrat einst mit Charlie zusammen Jura studiert, er hatte ihn sogar als seinen Freund betrachtet. Bill Gerard hätte es eines Tages sowieso verwendet, ging ihm durch den Kopf. Er holte seinen Flachmann heraus und nahm einen langen Schluck. Kurz überlegte er, ob er Vic davon erzählen sollte, beschloss dann aber, es bleiben zu lassen. Bis er Vic traf, wäre das Negativ längst in Renatas Händen.

4

Als Charlie das Büro verließ, war ihm übel. Seine Stirnhöhlen waren dicht, die Augen juckten. Er schob sich durch die Tür zur Herrentoilette, platzierte sich vor das einsame Urinal, öffnete den Reißverschluss und ließ einen ausgiebigen Strahl ins Becken fließen. Er und Vic hatten einmal in Betracht gezogen, weitere Urinale und eine zweite Kabine installieren zu lassen, hatten dann aber beschlossen, dass es zu teuer käme. Die dafür nötigen Ausgaben konnten sie anderweitig verwenden. Außerdem hatte Dennis darauf hingewiesen, dass eine weitere Kabine nur der Neigung mancher Gäste zugute käme, sich dort drinnen einzuschließen und zu masturbieren – der Gruppenzwang durch die anderen, die sich wirklich entleeren mussten, würde dann nämlich wegfallen.

Das ist das letzte Mal, dass ich hier pisse, dachte Charlie, während er den Kondomautomaten über der Porzellanschüssel betrachtete. Eine obszön lächelnde Comic-Frau in einem psychedelischen Kostüm bot für fünfzig Cent Latex-Neuheiten an, die zum Vergnügen des Konsumenten gerippt waren und ausschließlich zum Schutz vor Krankheiten verkauft wurden. Er schüttelte ab und wusch sich die Hände.

Ein sehr kleiner, knopfäugiger Typ um die vierzig mit taubengrauem Freizeitanzug und einem Prinz-Eisenherz-Haarschnitt hatte sich vor Francies Altar zu Culligan gesellt. Cupcake saß an der Theke und las ihr Gandhi-Buch. Dennis lehnte gegen die Rückwand der Bar und blätterte durch ein zerschlissenes Sado-Maso-Magazin, das er am Tag zuvor in der Kabine der Herrentoilette gefunden hatte. Er hielt die Zeitschrift mit spitzen Fingern gefasst, als handelte es sich bei dem Blatt um eine tollwütige Fledermaus, und achtete sehr darauf, mit den Fingern nicht an die Flecken unbekannter Herkunft zu kommen.

Charlie ließ sich auf den Barhocker neben Cupcake nieder und deutete auf ihr Buch. »Na, was sagt man so über den alten Mohandas K.?«

Cupcake blickte nicht auf. »Er ist tot.«

Dennis stellte ihm ein Bier hin und zeigte auf ihre halbleere Flasche. »Ich hab ihres auf deine Rechnung gesetzt.«

Verärgert sah sie auf. »Ich hab dir doch gesagt, es geht aufs Haus!«

»Ich hab's gehört. Charlie …«

»Ja, es geht aufs Haus. Ich kann doch den Stripperinnen alle Jubeljahre mal ein lausiges High Life ausgeben, wenn ich Lust dazu habe.« Charlie ließ den Blick über den Raum schweifen. Er spürte, wie ihm warm wurde. Er musste hinaus in die kalte Luft, ein wenig nüchterner werden, bevor er ins Sweet Cage zurückfuhr.

»Schon gut, Charlie. Du bist der Boss. Mir wär's aber lieber, wenn Vic nichts davon erfährt.«

»Das wird er nicht, es sei denn, du erzählst es ihm.«

»Überhaupt, wieso ist Vic heute Abend nicht hier?«, fragte Cupcake.

»Er hat sich an Heiligabend frei genommen.« Charlie bemerkte, dass er allmählich langsamer sprach, dass er die Wörter verschliff – alles klare Anzeichen dafür, dass es an der Zeit war, endlich ins Freie zu gehen, um frische Luft zu schnappen.

»Warum muss er sich den beschissenen Heiligabend frei nehmen? Er lebt allein. Er redet nicht mehr mit Bonnie, sieht seine Kinder nicht mehr, hat keine Freunde außer euch beiden.«

»Ich glaub, er ist nach Cincinnati zu seiner Mutter geflogen«, improvisierte Charlie. Er sprach es *Sins Naddy* aus. Es war Zeit zu gehen.

»Das kann nicht sein. Ich hab ihn heute Nachmittag gesehen«, sagte Dennis. »Er kam kurz vorbei und hat irgendeinen Papierkram abgegeben.«

Die Tür ging auf, und die College-Jungs aus dem Sweet Cage kamen hereinmarschiert; es fehlte nur der streitsüchtige Ronny. Sie blieben wie angewurzelt stehen, als sie Culligan erblickten, der mit offenem Mund Francies kreisenden *mons veneris* anstarrte. Cupcake erhob sich und ging zu den Jungs. Charlie war es unerträglich heiß.

»Dennis, solltest du nicht ein wenig die Heizung runterstellen?«

»Klar. Ich wette, die nackten Angehörigen unseres Betriebs wären darüber sicherlich begeistert.«

»Verstehe«, sagte Charlie, erhob sich und leerte die Bierflasche. »Ich geh lieber.«

Er ging zur Tür, vorbei an Culligan. Irgendjemand würde den Alten am Ende der Nacht schon nach Hause bringen.

Einen Augenblick lang stand er in der offenen Tür. Eine zwei Meter fünfzig hohe Mauer aus Betonplatten erhob sich zwischen dem Eingang und dem Parkplatz und versperrte die Sicht von draußen. Der arktische Wind peitschte dazwischen hindurch, fuhr in Charlies offenen Mantel und pflasterte sein Gesicht mit winzigen scharfen Schneeflocken.

»Mach die beschissene Tür zu, Charlie. Ich bin hier *nackt*«, brüllte Cupcake. Sie war wirklich bereits nackt und auf der Bühne, bemerkte er, als er sich langsam umdrehte. Die drei College-Jungs saßen brav an einem Tisch.

»Los, Jungs, gebt Cupcake ein Trinkgeld, sie legt

eine verdammt gute Show hin«, hörte er noch, als die Tür hinter ihm ins Schloss fiel. Charlie hatte keinen Zweifel, dass Culligan die Jungs nicht mal mehr erkannte.

Ich brauch was zu essen, dachte Charlie, während der Lincoln in Richtung Süden in die Stadt glitt. Der Schnee fiel inzwischen schwer und nass. Die meisten Scheißkerle in der Stadt wussten nicht, wie man auf Schnee zu fahren hatte. Er trat sanft auf die Bremse, stupste sie nur leicht an und spürte jedes Mal, wie der Wagen sich hob, wenn er den Fuß wieder nach oben nahm. Dann schloss er die Augen, und der Lincoln drehte sich volle 360 Grad um sich selbst und zeigte anschließend, nachdem die Räder wie durch göttliche Vorsehung erneut Haftung auf der Straße gefunden hatten, genau nach Süden. Andere Fahrzeuge waren weit und breit nicht zu sehen. Er gewann wieder die Kontrolle über das Steuer, und ein Hundechor begann im Radio »Jingle Bells« zu bellen. Er fühlte sich großartig.

Kaum einen Kilometer nach der Stadtgrenze erblickte er das dunkle, orange-braune Schild eines Hardee's. Er fuhr auf den leeren Parkplatz, stieg aus dem Lincoln und verpasste der Eingangstür einen kräftigen Stoß. Sie gab nicht nach. Er musste sich mit beiden Händen am Türgriff festhalten, um auf dem vereisten Beton nicht das Gleichgewicht zu verlieren. Hinter der Tür war ein professionell gedrucktes Schild angebracht:

AN UNSERE WERTE KUNDSCHAFT
WIR SCHLIEẞEN AN HEILIGABEND UM 17 UHR UND HABEN DEN WEIHNACHTSFEIERTAG GESCHLOSSEN, DAMIT UNSERE MITARBEITER DEN FEIERTAG MIT IHRER FAMILIE VERBRINGEN KÖNNEN.

»Warum habt ihr dann eure verfluchte Neonreklame an?«, schrie Charlie und trat gegen die Tür. Das Innere des Restaurants war voll beleuchtet. Am liebsten hätte er einen Stein durch die Glasscheibe geworfen. Er machte auf dem Absatz kehrt und spürte bereits beim ersten Schritt, wie sein linker Fuß über die glatte Betonstufe schlitterte, gleich darauf folgte auch der rechte, und dann krachte er mit dem Steißbein auf den gefrorenen Gehweg. Er konnte es eine Weile nicht glauben, blieb mit taubem Arsch in der Kälte sitzen. Sein Kopf fühlte sich an wie ein fünf Kilogramm schwerer Ziegel aus steif gefrorenem Rotz, und er hatte zu tun, Tränen der Demütigung und der Wut zurückzuhalten.
Ein kleiner, grüner japanischer Pkw bog in den Parkplatz ein und blieb drei Meter vor Charlie stehen. Ein schwarzer Junge, etwa fünfzehn Jahre alt, kurbelte die Seitenscheibe runter.

»Hey, alles in Ordnung?«, fragte er.

Charlie schluckte. »Alles okay. Bin nur ausgerutscht und hingefallen.«

»Komm schon, hauen wir ab«, sagte der Fahrer. »Er ist okay.«

»Wirklich alles in Ordnung?«

»Verdammt noch mal, ja.« Er manövrierte seine Füße nach hinten und versuchte, die beste Möglichkeit ausfindig zu machen, um wieder auf die Beine zu kommen.

»Fröhliche Weihnachten«, sagte der Junge und kurbelte das Fenster wieder hoch. Der Wagen tuckerte auf die Straße zurück und verschwand im Schneetreiben.

Er humpelte zu seinem Wagen. Wo sollte er um diese Zeit an Heiligabend noch etwas zu essen auftreiben? Sogar die Supermärkte waren geschlossen.

Als er die ausgestorbene Hauptstraße in Richtung Stadtzentrum fuhr und dabei dem Polizeireporter zuhörte, der seine Geschichte zur Kneipenschlägerei im Westteil der Stadt ausschmückte, entdeckte er Lichter im Fenster des Brass Candle. Er riss den Wagen über die leere Gegenfahrbahn und schlitterte drei Meter am Straßenrand entlang, bis er zwar in Gegenrichtung, aber exakt vor dem Panoramafenster zum Stehen kam. Zwischen den Kiefernzweigen sah er drinnen eine Bedienung, die gerade an einem Tisch das Essen servierte. Kurz überlegte er, ob er den Lincoln wenden oder gar auf dem Parkplatz abstellen sollte, aber in wenigen Minuten würde der Wagen sowieso unter einer dicken Schneeschicht verborgen sein, und wer würde dann noch erkennen, in welcher Richtung er stand? Das Manöver kam ihm sehr kompliziert vor, und er brauchte unverzüglich etwas zu essen. Außerdem sah es so aus, als wäre der Parkplatz voll.

Er trat in das fahle gelbliche Licht des mit Eichenpaneelen verkleideten Eingangs, dessen Wände mit Kieferngirlanden und breiten roten Samtbändern drapiert waren, an denen Glocken und aus Goldfolie gestanzte Cherubime hingen. Das aus dem Restaurant und der Bar erschallende Gelächter und Gejohle wurde von einem Halleluja-Chor übertönt. Dies alles erinnerte Charlie so sehr an Silvester, dass er für einen kurzen Moment glaubte, er wäre einem Blackout zum Opfer gefallen und hätte eine weitere und höchstwahrscheinlich fatale Woche in der Stadt zugebracht.

»Hi, Charlie, frohe Weihnachten«, begrüßte ihn die Wirtin, eine mollige, hübsche Frau mit kurzem schwarzen Haar, deren Name, wie Charlie dachte, mit C oder K begann, Christine oder Kathleen oder Cassandra. »Nur einen Platz an der Bar?«

Fast hätte er aus Gewohnheit ja gesagt, erinnerte sich dann jedoch an sein Vorhaben. »Die Küche ist noch auf?«

»Klar. Eine Speisekarte?« Sie reichte ihm eine. »Am vorderen Fenster ist soeben ein Tisch frei geworden.«

»Wunderbar.« Charlie ging zum kleinen, zur Straße gelegenen Speisesaal durch. Wie versprochen gab es einen freien Tisch am Fenster. Eine hohe, blassgelbe Wachskerze brannte in der Mitte eines kleinen Fichten- und Mistelzweig-Arrangements, das am Rand des Tisches stand, dort, wo dieser gegen die Milchglasscheibe stieß. Er setzte sich, sah sich um, und da er an den anderen Tischen niemanden erblickte, den er kannte, starrte er aus dem Fenster und ignorierte die Speisekarte. Im Licht der Straßenlampen sah alles, sogar der dicht fallende Schnee, orangefarben aus. Früher, unter den alten Laternen, hatte die Umgebung immer bläulich-grün geschillert – bevor die neuen Quecksilberdampflampen installiert worden waren. Oder waren die alten Quecksilberdampflampen gegen irgendwelche neuen ausgetauscht worden? Das Programmkino auf der gegenüberliegenden Straßenseite zeigte *Das Wunder von Manhattan*. Einige standen in der Eingangshalle und warteten darauf, dass sie Eintrittskarten kaufen konnten. Hin und wieder fuhr langsam ein Wagen vorbei. Einer kam in wildem Zickzack die Straße entlang; Charlie musste hilflos mit ansehen, wie er sich seinem Lincoln näherte. Das Heck des Wagens scherte heftig nach rechts aus, dann nach links, dann wieder nach rechts. Aber er verpasste den Lincoln und schlingerte weiter in westlicher Richtung, hin zum Stolz und der Freude irgendeines anderen armen Kerls. Er fragte sich, warum er sich überhaupt noch um den Wagen Sorgen machte. Morgen noch, und der Wagen würde Deacon gehören. Fröhliche Weihnachten, du kleiner Wichser.

5

Es war nach acht. Er war seit mehr als einer Stunde hier, saß allein am Tisch und arbeitete sich durch ein erstklassiges Steak sowie eine Flasche Rotwein und betrachtete das Schneetreiben draußen. Er hatte noch immer fast sieben Stunden Zeit, bevor er sich mit Vic traf, und nicht die geringste Ahnung, was er tun sollte, wenn er Renata das Negativ überreicht hatte. Es war noch zu früh, um nach Hause zu fahren.

»Charlie?« Die Stimme riss ihn aus seinen Gedanken. Er wandte sich vom Fenster ab und musste zu einem sehr großen, sehr fettleibigen Mann in einem maßgeschneiderten Anzug hochblinzeln. »Pete van Heuten ist doch Ihr Schwager, oder?«

»Das war er jedenfalls mal.«

»Vielleicht könnten Sie ihn nach Hause fahren. Es wäre nicht schön, wenn er sich in dem Zustand, in dem er sich momentan befindet, noch ans Steuer setzt. Noch dazu an Heiligabend.«

»Wo ist er?«

»In der Bar. Vielleicht wollen Sie sich um ihn kümmern …«

»Okay.« Er war mit seinem Steak sowieso fertig. Er fühlte sich großartig, bereit, Löwen zu bändigen. Es wäre ein Klacks, Pete zu überreden, dass er mit ihm nach Hause fuhr.

»Vielen Dank, Charlie. Um Ihre Flasche kümmern wir uns dann schon. Frohe Weihnachten.«

Sie lieben mich hier. Ich bin im Grunde eine Berühmtheit. Warum sollte ich hier weggehen? Er erhob sich, zuckte bei den fast vergessenen Schmerzen in der Hüfte zusammen und humpelte zur Bar.

Die Bar war gesteckt voll. In der Menge erkannte Charlie einen Gemeinderat aus dem County, den er in den vergangenen sechs oder sieben Jahren unzählige Male geschmiert hatte, einen lokalen Nachrichtenmoderator und den Leiter des örtlichen Sinfonieorchesters. Wie alle hier waren sie verzweifelt darum bemüht, jemanden aufzureißen. Weihnachten wäre eben nicht Weihnachten, wenn man nicht mit jemanden, den man gerade kennen gelernt hatte, vögeln würde.

Pete van Heuten, der schwankend an der Theke lehnte, krächzte wie von Sinnen, als er ihn erblickte. »Charlie Arglist, du nichtsnutziger mieser Schweinehund, komm her.« Es war sehr laut in der Bar, und er war bei weitem nicht der lauteste, obwohl er unterschiedslos Freunden und Fremden durch den

Raum hindurch grobschlächtige Grüße zuplärrte. Seine Tweed-Sportjacke war mehr als verknittert, eine Seitentasche war an der Ecke aufgerissen, sein rötlich-blondes Haar sah aus, als hätte er es mit einer Gartenharke gekämmt, dennoch haftete ihm noch eine Art lautstarke, trunkene Würde an. Trotz der Enge hielten die anderen betont Abstand zu ihm, während er die freien Plätze neben sich heftig schwankend vereinnahmte und sich auf jeden stürzte, der ihm unschuldigerweise zu nahe kam.

»Herrgott, Charlie, wir waren mal verwandt! Was für ein beschissener Zufall, dich an Heiligabend zu sehen! Was trinkst du?«

»Rotwein.«

»Scheiß drauf, Charlie, nimm einen Scotch. Bedienung, geben Sie meinem Schwager auch was von dem Giftzeugs, das Sie mir ausschenken.«

Die junge Frau hinter der Theke schenkte Charlie den Drink ein, mit ausdrucksloser Miene stellte sie ihm das Glas hin. Man hatte ihr noch nicht aufgetragen, Pete nicht mehr zu bedienen, aber ihr war anzumerken, dass sie sich nichts sehnlicher wünschte.

»Schau dir diese jämmerlichen Schwanzlutscher an. Piñacoladas und affige Dreiteiler, was für eine Scheiße.« Er zeigte fuchtelnd auf einen topmodisch gekleideten jungen Anwalt, den Charlie vom Sehen kannte und der mit einer ebenso gestylten

Frau im Gespräch versunken war. »Das ist doch der unwiderrufliche Niedergang der Zivilisation, wenn ein Typ, der so gekleidet ist, dazu kommt, eine Nummer zu schieben.«

»Was treibst du gerade, Pete?«

»Gebäude zeichnen. Ein Schweinegeld verdienen. Im Ernst. Ich verdiene ein Schweinegeld. Wie geht's dir?«

»Wie immer.«

»Noch immer Gangster?«, brüllte Pete. Charlie zuckte zusammen. »Ach, Scheiße, du weißt doch, ich zieh dich nur auf.«

»Wie geht's den Kindern?«, fragte Charlie.

Pete war für einen Augenblick wie vom Donner gerührt. »Äh, großartig … glaube ich. Mal sehn, Melissa ist im Schwimmverein … oder ist das Spencer …«

»Nicht meine Kinder, ich spreche von deinen.«

»Ach, meinen Kindern. Äh, denen geht's gut, ziemlich gut.«

»Wo ist Betsy heute Abend?«

»Zuhause bei ihren Eltern, ist doch Heiligabend. Ach du meine Güte …« Mit gespieltem Entsetzen sah er auf seine Uhr. »Ich bin drei Stunden zu spät dran …« Er lachte, bis die Knie unter ihm nachgaben und er mit dem Rücken an der Theke zu Boden rutschte, dort hocken blieb, sich mit der rechten Hand den Bauch hielt und glücklich vor und zurück wippte – Tränen liefen ihm übers Gesicht. Der Besitzer erschien hinter der Theke, blickte zu Charlie, deutete auf Pete und dann auf den Ausgang. Charlie spürte, dass Pete kaum empfänglich sein würde für den Vorschlag, ihn nach Hause oder, noch schlimmer, zum Haus seiner Schwiegereltern zu schaffen.

»Hör zu, Pete, ich muss noch mal ins Sweet Cage, willst du mitkommen?«

Pete, der immer noch lachte, sah auf. »'n paar Mösen auskundschaften? Ja, klar!« Charlie zog ihn auf die Beine.

Auf der Motorhaube des Lincoln lag eine Schneeschicht so hoch wie eine Matratze. Der Schnee fiel gleichmäßig und dicht. Pete spielte an der Heizung am Armaturenbrett und versuchte sie höher zu stellen. »O Gott, ich wünsch mir, ich hätte den Mumm, das zu tun, was du getan hast«, sagte er. Außerhalb der Menge und dem Lärm der Bar gab er sich wesentlich weniger lebhaft.

»Was meinst du?«

»Mit dieser beschissenen Familie Schluss machen.«

»Das war nicht meine Idee.«

»Betsy lässt mich nicht gehen ohne eine fürstliche Abfindung. Sie will auf Schickimicki-Matrone machen.«

»Ja, bei Sarabeth war es das Gleiche.«

»Sarabeth, ja, das ist eine Furcht einflößende

Frau. Noch schlimmer als Betsy. Aber nicht so schlimm wie ihre Mutter.«

»Bemerkenswerte Frauen, alle drei«, sagte Charlie.

Pete schnaubte. »Da kannst du Gift drauf nehmen. Ich wette, die alte Ma Henneston hat wirklich geglaubt, sie hat einen Coup gelandet, als ihre Töchter uns an Land gezogen haben, einen Anwalt und einen beschissenen Architekten.«

»Wir sind zwei ziemlich gute Partien, keine Frage.«

»O Gott, ich hatte in den letzten sechs Monaten nichts von Betsy. Schon in den letzten Jahren hat sie immer diesen Blick aufgesetzt, als müsste sie es für Amerika tun, benimmt sich, als wär ich ein Sex-Maniac, weil ich sie noch immer vögeln möchte, obwohl wir bereits unsere biblische Quote von drei Kindern erfüllt haben.«

»Ihr habt jetzt drei?«

Pete runzelte die Stirn und rechnete in Gedanken nach. »Ja. Das Dritte ist ein Mädchen, dreieinhalb Jahre. Du gehörst wohl schon lange nicht mehr zur Verwandtschaft, was?« Er streckte sich und gähnte. »Also, was ist im Sweet Cage los? Ist das einer von deinen Läden?«

»Nein. Ich muss dort nur mit jemandem reden.«

»Schon klar. Mafia-Geschäfte! Worum geht's, irgendein Coke-Deal?«

»Pass auf, was du sagst, okay?«

»Hey, hat Vic Cavanaugh wirklich einem Typen die Hände abgeschnitten?«

»Wo hast du denn das aufgeschnappt?«

Pete fühlte sich durch die Antwort bestätigt. »Ich wusste es!«

»Wo hast du das gehört?«

»'n Typ, den ich kenne, ein Bauunternehmer. Ich hab ihm erzählt, mein Exschwager sei Vic Cavanaughs rechte Hand, und er meinte daraufhin, er habe gehört, ein Typ hätte einer Stripperin im Tease-o-Rama den Finger in die Möse geschoben, worauf Vic den Scheißkerl hinter den Club gezerrt und ihm beide Hände abgeschnitten hätte.«

»Ja, klar, das stimmt schon.« Wenn Vergehen wie dieses wirklich so bestraft werden würden, müsste die Prozedur vier- oder fünfmal in der Woche vollzogen werden und die Stadt wäre voll mit Männern, die nur noch Haken an den Armstümpfen hätten.

»Dieses Mädchen, das verschwunden ist, die hat doch für dich gearbeitet, oder?«

»Nicht für mich persönlich, aber ja, sie hat im Tease-o-Rama getanzt.«

»Du hast sie also gekannt?«

»Ja, ich hab sie gekannt«, antwortete er. »Flüchtig.«

»Und, was, meinst du, ist mit ihr geschehen? Glaubst du, sie wurde umgebracht?«

»Wahrscheinlich ist sie mit irgendjemand durchgebrannt. Das passiert manchmal.«

»In der Zeitung steht, sie hat ein paar Kinder hinterlassen.«

»Ja. Und?«

»Du glaubst also, sie gehört zu den Frauen, die so was machen, die ihre Kinder einfach zurücklassen?«

»Woher soll ich das wissen?«

»In der Zeitung klang es so, als wäre sie tot.«

»Ja, und in der Zeitung klang es auch so, als wäre sie eine gottverdammte Nonne. Scheiße. Etwa einen Monat, nachdem Desiray verschwunden ist, komm ich in den Club, und da sitzt eine Frau auf einem Barhocker und unterhält sich mit dem Barmann. Ich dachte, sie bewirbt sich für einen Job, es stellt sich aber heraus, dass sie für die beschissene Zeitung ein Interview macht. Ich hab ihren Arsch auf der Stelle ins Freie befördert, aber sie hatte bereits mit Francie und Cupcake geredet.«

Pete lachte. »Francie und Cupcake. Klingt wie die Namen zweier Pudel.«

»Jedenfalls, Cupcake hat dieser Tussi in den Kopf gesetzt, dass Desiray tot sein muss, denn wie hätte sie sonst ihre Kinder verlassen können?«

»Na ja, warum sollte sie das tun?«

»Frauen verlassen manchmal ihre Kinder. Diese Journalistin führte sich auf, als wäre sie die oberste Bundesrichterin und Eleanor Roosevelt in einer Person.« Die Zeitungsartikel hatten Charlie mit den Bullen, dem County und mit Vic einigen Ärger eingetragen. Nach der Frau zu urteilen, war das Tease-o-Rama nicht unbedingt die beste Umgebung, in der eine junge Mutter von zwei Kindern arbeiten sollte.

»Hey, Charlie, hast du's schon mal mit einer der Stripperinnen getrieben?«

»Hin und wieder, wenn ich unheimlich geil oder stockbesoffen bin oder einfach nichts als Scheiße baue.«

»So geht's mir die meiste Zeit. Hey, wenn wir schon von Coke reden, du hast nicht zufällig was da?«

»Nein«, sagte er. »Und sei vorsichtig mit dem, was du sagst. Sonst kommen wir beide noch in Schwierigkeiten.«

Das Sweet Cage war leer bis auf Sidney, der in einen Telefonhörer brüllte. Ohne aufzusehen oder sein Gebrüll zu unterbrechen, öffnete er zwei Bierflaschen und stellte sie ihnen auf die Theke. Sein Gesicht war knallrot, der Speichel floß ihm nur so aus dem Mund.

»Wenn das nicht die beschissenste Scheiße überhaupt ist, dann weiß ich nicht mehr! Von mir aus kannst du dir dieses Weihnachtsscheit in deinen Arsch rammen!«

Charlie wischte sich diskret einen kleinen Speicheltropfen von der Wange. Pete beugte sich zu ihm hinüber und flüsterte ihm ins Ohr.

»Wenn das der ist, mit dem du Geschäftliches zu besprechen hast, dann solltest du vielleicht einen besseren Zeitpunkt abwarten.«

Charlie zog seinen Flachmann heraus, nahm einen Schluck und schickte einen weiteren aus der Bierflasche hinterher. Er reichte Pete den Flachmann, der trank, ohne Sidney aus den Augen zu lassen.

»Du wirst den Tag verwünschen, an dem du beschlossen hast, mir diese Scheiße aufzuhalsen, du zahnlose alte Hure. Ich versprech dir, du wirst den beschissenen Tag bereuen, an dem du geboren bist.« Er knallte den Hörer auf, hob ihn wieder an und schrie mit voller Lautstärke hinein, knallte ihn ein zweites Mal auf den Apparat, dann noch einmal, bis er schließlich völlig außer Atem zu Charlie und Pete aufblickte. »Entschuldigung, das war meine Mom. Sie will, dass ich nicht morgen, sondern schon heute Abend meine Kinder abhole, sie und ihr Scheiß-Ehemann wollen morgen am Weihnachtstag um sechs Uhr früh zu diesem beschissenen Naturpark, zum *Garden of the Gods* aufbrechen.« Er schüttelte den Kopf, als wollte er ihn damit frei bekommen.

»Ist Renata hier? Ich hab was für sie«, sagte Charlie. Er hielt den Umschlag in der Hand und fühlte sich dabei nicht besonders wohl, gerade so, als erwartete er, dass er ihm aus der Hand sprang und sich über den Boden davonmachte.

»Sie dürfte so um Mitternacht zurück sein. Du kannst ihn bei mir lassen.«

»Ich geb ihn ihr lieber persönlich.«

Sidney zuckte die Schultern. »Okay.«

»Wo sind die Stripperinnen?«, quengelte Pete.

»Wo sind die Gäste?«, quengelte Sidney zurück. »Rusti hat sich mit dem Jungen, der Culligan vermöbeln wollte, aus dem Staub gemacht. Amy Sue sitzt im Büro und wartet auf zahlende Gäste. Anita müsste noch hier sein, ist bislang aber nicht aufgetaucht. Ich wünschte, Renata ließe mich den Laden dichtmachen. Hast du das Tease-o-Rama geschlossen?«

»Nein, es ist auf.«

»Na ja, vielleicht wird's besser, wenn die Leute aus der Christmette kommen.«

»Vielleicht«, sagte Charlie und leerte das Bier. »Was schulden wir dir?«

»Du trinkst noch auf Kosten von Renata. Ich sag ihr, dass du hier warst.«

»Ich komm um Mitternacht wieder.«

»Scheiße, dann bin ich wahrscheinlich schon weg, um meine Kinder zu holen. Wenn Renata heute Nacht am Tresen stehen muss, wird sie keine besonders gute Laune haben.«

»Sie wird gute Laune bekommen, wenn sie sieht, was ich für sie habe«, sagte Charlie und klatschte mit dem Umschlag gegen seine Hand, als er sich mit Pete auf den Weg machte.

Charlie legte den Umschlag in das Handschuhfach. »Wohin jetzt?«

6

Der Snifter Club lag in der Ecke einer L-förmigen Mall zwischen einer Reinigung und einem Postkartenladen. Er war von sechzehn bis zwei Uhr morgens geöffnet, 365 Tage im Jahr. In den mit rotem Samt bespannten Wänden und hinter der Theke waren abgeschirmte Lampen eingelassen, deren fahler Schein nur indirekt zu sehen war, sodass die kleinen Kerzen, die auf den Tischen in runden, roten Kristallhaltern steckten, für das meiste Licht sorgten. Die Speisekarte war teuer und konservativ: Steak, Hummer und gebackene Forelle.

Charlie war Mitglied, seitdem er alt genug war, von Gesetz wegen trinken zu dürfen. Während seiner Ehe war der Snifter sein zweites Zuhause gewesen, vor allem als es mit ihr zu Ende ging und der Club auch seine primäre Anlaufstelle war, wenn es um Sex ging. Ein halbes Dutzend mehr oder weniger attraktiver, mehr oder weniger alkoholisierter Frauen vergnügte sich mit ihm nachmittags in etwa zweiwöchentlichem Turnus. Es war eine schöne Zeit gewesen, bis ihn eine der Frauen in der Bar zur Seite nahm und mit gewichtiger und aufgeregter Stimme verkündete, dass ihr Ehemann einen Detektiv engagiert und sich einen Revolver besorgt habe. Charlie hielt das für melodramatischen Quatsch, aber es ging ihm dermaßen auf die Nerven, dass er sich von da an nicht mehr mit ihr traf und seine Trinkgewohnheiten änderte. Er blieb zwar nicht völlig weg, aber die Scheidung brachte neue Gewohnheiten mit sich und das Verlangen, seinen sozialen Horizont zu erweitern, weshalb er in den letzten Jahren höchsten ein- bis zweimal in der Woche erschienen war. Heute Abend war nur ein halbes Dutzend Tische besetzt, und es bediente lediglich ein einziger Kellner.

Pete hatte wieder zu seiner Gesprächigkeit zurückgefunden, wenngleich in verminderter Lautstärke. »Ich nehme an – wie spät ist es, etwa Viertel nach neun –, dass sie jetzt gerade ihre Geschenke aufstellen, um halb zehn beginnen sie dann mit dem Essen. Ich werde also zum Nachtisch aufkreuzen und ihnen eine Szene liefern.«

»Klingt vielversprechend«, meinte Charlie. »Ich kann mir überhaupt nicht vorstellen, warum sich Betsy von dir trennen sollte.«

»Du solltest auch mitkommen. Mann, das würde Sarabeths Weihnachten endgültig ruinieren. Allein das sollte es dir wert sein. Und du lernst dann ihren neuen Ehemann kennen. Er mag dich überhaupt nicht. Und außerdem, wann hast du zum letzen Mal deine Kinder gesehen?«

»Ist noch nicht so lange her.« Tatsächlich waren es einige Monate. Je näher sein Abreisetermin rückte, umso mehr war aus seiner gewöhnlichen Nachlässigkeit bewusste und ausgeprägte Verweigerung geworden, angeblich, um es den Kindern leichter zu machen. Er hatte nicht vor, sie noch mal zu sehen, bevor er die Stadt verließ.

»Denk ein paar Minuten darüber nach. Vielleicht bringt dich ja noch so ein Gesöff in Weihnachtsstimmung.«

»Vielleicht«, sagte Charlie. Er hatte ein schlechtes Gewissen, dass er die Kinder nicht mehr zu Gesicht bekam, konnte sich aber unter keinen Umständen vorstellen, ihnen noch einmal gegenüberzutreten. Er nahm an, wenn er erst mal verschwunden war, würde es ihnen nicht mehr viel ausmachen.

»Kann ich noch was von diesem Zeug haben, Kelly?«

»Ich auch«, sagte Pete und leerte sein noch halb volles Highball-Glas. Kelly, eine große junge Frau mit einem schwarzen Pferdeschwanz und so eng zusammenstehenden Augen, dass es aussah, als schielte sie, nahm lächelnd ihre Gläser fort.

»Gentlemen, Sie sind heute eingeladen. Von Trina.«

Charlie fuhr auf seinem Hocker herum und blinzelte in das Kerzenlicht. Allein an einem Tisch saß jene Frau, deren Mann angeblich den Detektiv angeheuert und sich einen Revolver besorgt hatte. Sie hob ihr Glas und nickte Charlie fast unmerklich zu; ein flüchtiges Lächeln huschte über ihr Gesicht. Er stand auf und humpelte durch das Restaurant zu ihrem Tisch.

»Trina, schön, dich zu sehen.«

»Frohe Weihnachten, Charlie. Du humpelst ja.«

»Meine Kriegsverletzung. Château-Thierry.«

»Wusste nicht, dass du in Korea warst«, sagte sie ohne großes Interesse. Sie war Ende vierzig, schätzte Charlie, eine gut aussehende Frau, die einiges dafür tat, dass sie das auch blieb, die viel Zeit in der Sonne verbrachte und eine Menge trank. Ihre Ohren, ihr Hals und ihre Arme waren schwer mit Gold, Silber und Türkis behängt, einige Strähnen ihres blonden, hinten zu einem strengen Knoten gebundenen Haars hatten sich gelöst und hingen ihr in die Stirn.

»Wo ist denn die kleine hübsche Krankenschwester, die du sonst immer bei dir hast?«

»Sie ist Atemtherapeutin. Das ist vorbei. Wo sind deine Freunde?« Er machte keine Anstalten, sich zu setzen.

»Haben mich alle im Stich gelassen, einer nach dem anderen. Sie meinen alle, sie müssten Weihnachten mit ihren beschissenen Familien verbringen.«

»Ich nicht.«

»Ich auch nicht. Alex und seine Skihäschenschlampe haben die Kinder mit nach Vail genommen. Wunderbar, sagte ich, das heißt, dass ich an Weihnachten rumvögeln kann. Was hast du heute Abend noch vor, Charlie? Und wer ist dein interessant aussehender Freund?« Pete kam mit den neuen Drinks zu ihrem Tisch.

»Der Mann von Sarabeths Schwester, Pete.«

»Du hängst an Weihnachten mit der Verwandtschaft deiner Exfrau herum? Wie … ergreifend, Charlie.« Sie gab ein trockenes, lachendes Krächzen von sich. »Hi, Pete.«

»Hi, Trina. War mir nicht sicher, ob du dich noch an mich erinnerst.« Er setzte sich und legte seinen freien Arm über ihre Stuhllehne.

»Klar tu ich das. Aber du könntest trotzdem mein Gedächtnis auffrischen.«

»Vor etwa zwei Jahren, im Brass Candle. Du warst stinksauer auf deinen Mann.«

Etwas regte sich in ihr. Sie beugte sich vor, um Pete besser sehen und sein Gesicht mit einer Erinnerung verknüpfen zu können.

»Er hatte seine Hand auf dem Arsch irgendeiner kleinen Schlampe? Und ich bin mit dir abgezogen, als er nicht hergesehen hat?«

»Genau.«

»O Gott, war der sauer. Alle unsere Freunde waren sauer. Alle aus seiner Firma, alle, die wir kannten … Das warst du?«

»Wir haben an der Theke rumgeknutscht, so weit ich mich erinnere.« Bis auf ein leichtes Nuscheln, das verglichen mit Trinas nicht weiter auffiel, klang Pete beinahe wieder nüchtern. »Ich hatte meine Hand unter deinem Kleid, bis in dein Höschen hinein. Und du hast dagegen gestoßen. Die ganze gottverdammte Bar hat uns dabei zugesehen.«

»Bis auf Alex«, sagte sie. Ihr Gesicht hatte wieder Farbe gewonnen, ihre Stimme klang seltsam und leicht gepresst. »Ich war ziemlich betrunken.«

»Wir gingen ins Holiday Inn, und du hast deinem Mann eine Nachricht auf seinen nagelneuen Anrufbeantworter gesprochen, während ich dich von hinten nahm.«

Sie war knallrot angelaufen. Charlie wusste nicht so genau, ob vor Wut oder Erregung. »Das bist du gewesen?«

»Das bin ich gewesen, jawohl.« Pete strahlte.

Trina winkte Kelly heran. »Kelly, Pete und ich müssen draußen was besprechen. Wenn Charlie was will, dann geben Sie es ihm auf meine Rechnung.« Sie war bereits aufgestanden, zerrte Pete an der Hand aus seinem Stuhl und zog ihn zum Ausgang. Trotz ihres anscheinend betrunkenen Zustands bewegte sie sich überraschend sicher auf ihren Highheels. Sie sah gut aus von hinten, dachte Charlie. Pete sah grinsend zurück. Charlie spürte erneut, dass er pinkeln musste, und ging zur Herrentoilette.

Verglichen mit dem Tease-o-Rama lag der Hygienestandard hier um einige Stufen höher, und statt eines Kondomautomaten hing hier über jedem der drei Urinale ein gerahmtes Pin-up aus einem Kalender der 40er Jahre. Die Seife in den Spendern war flüssig und musste nicht gerieben werden, das Wasser war heiß. Er trocknete seine Hände so gut es ging unter der warmen Luft des Gebläses und beeilte sich, zu seinem Drink zurückzukehren.

»Ich glaube, sie ist traurig.« Gelangweilt saß Charlie an der Theke und hörte Kelly zu, die Trina einer Analyse unterzog. »Ich meine, sie ist eine gut aussehende Frau, sie hat Geld, warum hängt sie also die meiste Zeit in einem Laden wie diesem hier rum?«

»Sie weiß nicht, wo sie sonst hin soll«, schlug Charlie vor.

»Sie sollte einem Club oder Verein beitreten oder was machen, das sie interessiert.«

»Das hier ist ein Club, Honey.«

»Nenn mich nicht *Honey*, Charlie. Ich meine einen Garten- oder Briefmarkenverein.«

»Ja, ja, ich kann mir Trina wunderbar vorstellen, wie sie sich enthusiastisch aufs Briefmarkensammeln stürzt, eine wirklich befriedigende Alternative zum Saufen und Herumhuren.«

»Ich hab das nur als Beispiel gemeint!« Kelly war Anfang zwanzig und glaubte noch fest an das Gute im Menschen. »Sie müsste sich nur für was interessieren, dann würde sie mehr aus ihrem Leben machen, glaub ich.«

Die Tür ging auf, und Trina erschien wieder, in ihrem Schlepptau, fest an sie gepresst, Pete. Ihr Make-up war makellos. Pete sah aus, als könnte er jeden Moment in den Schlaf der Seligen fallen. Sie waren keine Viertelstunde fort gewesen.

Pete setzte sich neben Charlie, beide betrachteten Trina, die zur Damentoilette schlenderte. »Ich werde auf jeden Fall hier wieder aufkreuzen.« Sein Nuscheln hatte sich, stärker als zuvor, wieder eingestellt. »Ich hab nicht geglaubt, dass ich ihn überhaupt noch hoch kriege. Ich bin seit drei Uhr nachmittags betrunken. Das muss ein Weihnachtswunder sein.«

Kelly betrachtete Pete mit mitleidiger Missbilligung. Hier war eine weitere Seele, die es zu retten galt. »Ich hoffe, dass du wiederkommst, Pete.«

Er beäugte sie anerkennend. »Das werde ich tun, ganz bestimmt. Ähm … Charlie, ich fürchte, ich werde jeden Moment völlig wegtreten. Wir sollten lieber zu den Schwiegereltern aufbrechen.«

»Ich warte draußen im Wagen, während du dich von Trina verabschiedest.«

Pete erschien fünf Minuten später und stieg in den Lincoln.

»Ich dachte, das wäre Andy Sandoval gewesen, der mit ihr in der Nacht abgezogen ist, als sie die Nachricht auf Alex' Anrufbeantworter hinterlassen hat«, sagte Charlie, als er losfuhr.

»Ja, war er auch. Aber er hat mir gesagt, er wäre ihr seitdem vier- oder fünfmal begegnet, und es schien so, als könne sie sich nicht an ihn erinnern.«

»Ziemliches Ding, wenn man so was vergisst.«

»Ja, nicht wahr? Sie war einfach so besoffen und geil, dass ich dachte, ich probier's einfach. Das ist das wahre Leben, Charlie, die Schwiegereltern zum Weihnachtsessen zu besuchen, während der Geruch der guten Trina noch an der Latte hängt.«

»Vielleicht sollte ich irgendwo anhalten, damit du dir noch den Schwanz waschen kannst.«

»Nein, auf keinen Fall.« Er zog sich das Hemd an die Nase und atmete tief und hörbar ein. »Ihr Parfüm stinkt auf zehn Meter Entfernung. Du musst mit reinkommen, Charlie. Das gibt eine Szene, die du nie vergessen wirst.«

»Für jemanden, der vor einer Sekunde noch wegtreten wollte, klingst du aber sehr lebhaft.«

»Ach ja«, sagte Pete, »schau, was sie mir draußen gegeben hat.« Er holte ein kleines, quadratisches Päckchen aus Alufolie heraus. »Wir haben in der Damentoilette einige Lines reingezogen, und das hat sie mir als kleines Weihnachtspräsent überlassen. Willst du auch eine Line?«

»Nicht solange ich am Steuer bin.«

»Okay. Dann bieten wir eben Dorrie was an. Die kann wahrscheinlich eine kleine Aufmunterung gebrauchen.«

Charlie bog aus dem Parkplatz und fuhr nach rechts in südlicher Richtung, zum Haus seiner ehemaligen Schwiegereltern. Wenn ich hier abhaue, ohne noch mal die Kinder gesehen zu haben, dann bereue ich es vielleicht, dachte er. Ich werde es kurz machen.

7

»Wie lang ist es schon her, dass du den alten Drachen gesehen hast?«, fragte Pete.

»Genau zwei Jahre. Am Heiligabend. Ich war in der Mall, hab alle meine Geschenke besorgt, da entdeckte ich sie mit einem Haufen Tüten. Sie tat so, als würde sie mich nicht sehen, also bin ich zu ihr hin, hab sie begrüßt und ihr angeboten, ihr mit den Tüten zu helfen.«

»Sie muss dich dafür gehasst haben.«

»Sie hat dieses Lächeln aufgesetzt, du weißt schon, so …« Charlie bleckte die Zähne, sodass sich die Haut in seinem Gesicht spannte und die Sehnen an seinem Hals hervortraten. »Sie sagte nur: ›Vielen Dank, Charlie, aber ich komme schon zurecht.‹«

Pete nahm einen langen Schluck aus Charlies Flachmann. »Der ist fast leer. Wir können ihn bei den Schwiegerleuten auffüllen. Die haben ziemlich gutes Zeug.«

Sie fuhren durch eine alte Siedlung mit alten Backsteinhäusern und hohen, nackten Bäumen. Die meisten Häuser waren mit bunten Lichtergirlanden geschmückt, die sich über die Traufen und das Geäst der Bäume zogen. Charlie bremste ab, als er das von oben bis unten mit winzigen weißen Lichtpünktchen gerahmte Haus erblickte. Als er an den Bordstein heranfuhr, schoss er über das Ziel hinaus, rumpelte über ihn hinweg und setzte den Wagen zur Hälfte in den verschneiten Rasen des dazugehörigen Anwesens.

»Scheiße! Jetzt hab ich's verschüttet. Tut mir Leid.« Halbherzig wischte sich Pete den Schoß mit dem Jackenärmel ab. »War sowieso nicht mehr viel drin.«

»Hab nicht gesehen, wo der verdammte Randstein anfängt«, sagte Charlie ein wenig verlegen. »Dieser beschissene Schnee.«

»Willst du zurücksetzen oder den Wagen einfach so stehen lassen? Es ist Heiligabend, da wird sich keiner daran stören.«

»Lassen wir ihn so stehen. Ich will sowieso nicht lange bleiben.«

Pete kratzte bereits auf dem Umschlag eines nagelneuen Rand-McNally-Straßenatlas weiße Lines zusammen. »Willst du auch was, bevor wir reingehen?«

Fast hätte er nein gesagt, aber er fühlte sich ein wenig betrunken und wollte in Gegenwart von Melissa und Spencer nicht lallen. »Klar.«

Schon beim ersten Sniff bereute er es. Es brannte in der Nase, der sirupartige, bittere Speichel, der ihm die Kehle hinabrann, brachte ihn beinahe zum

Würgen. Seine Trunkenheit allerdings begann sich bereits aufzulösen, als er aus dem Lincoln stieg.

Da Pete erst einen verstohlenen Blick ins Esszimmer werfen wollte, bevor sie in die Feier platzten, gingen sie um die Ostseite des Hauses nach hinten. Charlie sah sich in dem vertrauten Garten um; er kam sich im fahlen orange- und purpurfarbenen Licht wie ein Geist vor. Es war so still, dass er glaubte, er könnte die Schneeflocken hören, die sacht auf die Verwehungen niedergingen. Sie umrundeten die Ecke zur Westseite, wo aus dem Esszimmerfenster trübes gelbes Licht fiel.

»Das wird ein Heidenspaß«, flüsterte Pete gerade laut genug, damit es Charlie in drei Metern Entfernung auch noch hörte. Pete stand auf Zehenspitzen und beäugte die letzten Reste des Weihnachtsessens. »Sie sind beim Nachtisch. Keiner sagt was. Die Kinder schmollen alle.«

»Ich sollte abhauen.«

»Zu spät. Du bist dabei. Du kannst mich nicht da reingehen lassen, um den Kindern zu erzählen, du seist hier gewesen, hättest sie aber nicht sehen wollen.« Er duckte sich und deutete Charlie an, ihm nach vorne zu folgen.

Sie stiegen die Verandastufen hinauf, und Pete öffnete die unverschlossene Eingangstür. Charlie blieb stehen und klopfte sich auf der Matte den größten Teil des Schnees von den Schuhen. Pete trat ein, schwankte in Richtung Esszimmer, stampfte mit seinen nassen Stiefeln über die Eichendielen und scheute auch nicht einen kleinen Umweg, um Schnee und Dreck an einer makellosen cremefarbenen Couch zu hinterlassen. »Fröhliche Scheiß-Weihnachten!«, rief er aus.

Vorsichtig folgte Charlie in einigen Metern Entfernung, bereit, sich beim ersten Anzeichen von Feindseligkeit davonzumachen. Pete platzte ins Esszimmer und hielt ihm die Tür auf. Charlie verbarg sich im Hintergrund und spähte über Petes Rücken ins Zimmer. Die dunkelgrünen Tapeten verschluckten das meiste Licht im Raum. Dorrie residierte schweigend an einem Ende des langen Tisches gegenüber ihrem Ehemann, über die Tischlänge verteilt saßen fünf schläfrige, mürrische Enkelkinder, zwei Frauen, die ihre besten Jahre schon hinter sich hatten, und ein pummeliger Schwiegersohn, das einzig bewegte Element des Tableaus, dessen Gabel hektisch zwischen Kuchenteller und Mund hin und her ging. Der Tisch selbst war mit halb leeren Schalen und Tellern bedeckt: Truthahn, Füllung, Sauce, Kartoffelbrei, Preiselbeersauce, grüne Bohnen. Von den drei Kuchen in der Mitte des Tisches war nur einer angeschnitten worden, und lediglich Sarabeths Mann hatte sich ein Stück genommen.

»Hey, ist hier jemand gestorben?«, brüllte Pete.

Es kam keine Antwort. Charlie zog sich noch weiter hinter Pete zurück und überlegte, ob er nicht doch noch in letzter Sekunde verschwinden sollte. Noch schien ihn keiner wahrgenommen zu haben. Er erhaschte einen Blick auf Melissa, die neben Dorrie saß. War sie jetzt sechs? Nein, sieben.

»Sie strafen uns mit Schweigen, Charlie.«

Die Erwähnung seines Namens löste bei den Erwachsenen am Tisch keinerlei Reaktion aus, nur Melissa sprang auf, katapultierte sich aus ihrem viel zu großen Stuhl und raste kreischend um den langen Tisch, vorbei an Onkel Pete, um mit voller Wucht gegen Charlie zu knallen. Er hob das kleine Mädchen hoch, hielt es kurz fest umschlungen und setzte es wieder ab. Sie drückte sich an sein Hosenbein, weinte und klammerte sich daran, als hinge ihr Leben davon ab. Nun starrten ihn die anderen Erwachsenen verwirrt und wütend an.

»Hi, Spence«, sagte er zu dem kleinen Jungen neben Sarabeths Ehemann, um keines seiner beiden Kinder zu bevorzugen. »Frohe Weihnachten.«

Der Junge starrte ihn nur wortlos an. Pete und Betsys Kinder blickten ihn mit großen Augen an; anscheinend wussten sie nicht genau, wer er war.

»Tut mir Leid, dass ich unangemeldet auftauche. Ich habe Pete nur hergefahren, dachte, ich schau vorbei und wünsche euch ein schönes Fest.«

Erneut sprach keiner ein Wort. Charlies Ex-Schwiegervater drehte sich auf seinem Stuhl und starrte ihn mit offenem Mund an, als versuchte er verzweifelt, ihn einzuordnen. Sarabeths Ehemann, den Mund voller Kuchen, sah aus, als würde er jeden Moment aufstehen und Charlie mit einem von Dorries silbernen Kerzenleuchtern niederknüppeln. Sarabeth sah weg. Betsys angewiderter Blick wanderte zwischen Pete und Charlie hin und her, als könne sie sich nicht entscheiden, wer von beiden die niedrigere Lebensform war. Schließlich brach Dorrie das Schweigen.

»Wir haben bereits zu Abend gegessen, Charlie. Kann ich dir ein Glas Wein anbieten?« Sie lächelte mehr oder minder überzeugend und weidete sich wahrscheinlich an Charlies Überraschung angesichts ihres ungewohnt höflichen Benehmens.

»Danke, Dorrie, ich nehm mir selbst.« Er ging auf sie zu und ignorierte bewusst Sarabeth, als er an ihr vorüberschritt.

Dorrie stand auf, schenkte ihm ein Glas Rotwein ein und reichte es ihm. »Du humpelst, Charlie. Hast du dich verletzt?«

»Das ist eine Tennishüfte«, antwortete er.

»Davon hab ich noch nie was gehört«, kam es von Dorrie.

Er wandte sich Sarabeth zu, die seinem Blick auswich. Sie hatte nun einen Pony, das früher stets kurz geschnittene dunkelbraune Haar fiel ihr bis über die Schultern. Ihre Wangen waren gerötet, die Augen feucht. Er hatte fast vergessen, wie hübsch sie war, wenn sie traurig aussah. Sie schob ihren Stuhl vom Tisch zurück und stand auf; überrascht stellte er fest, dass sie schwanger war. Ein seltsam nostalgisches Gefühl überkam ihn beim Anblick ihres Bauchs, ein kurzer, aber scharfer Schmerz, der ihn durchfuhr und den er nicht mehr für möglich gehalten hatte. Er rief sich ins Bewusstsein, dass er sie einmal gehasst hatte.

»Entschuldigung«, sagte sie, während sie sich an Pete vorbeischob. Betsy sah mit gekräuselten Lippen, fast einem Zähnefletschen, zu Charlie. Charlie hatte sie immer gemocht, an einem Tiefpunkt seiner Ehe hatte er sogar ein Auge auf sie geworfen, und sogar ihre jetzige Reaktion freute ihn ein wenig. Sie setzte an, etwas zu sagen, verstummte dann aber, erhob sich und folgte Sarabeth. Nur an der Tür blieb sie lange genug stehen, um Pete hart gegen die Brust zu stoßen. »Du Arsch!«, zischte sie leise. Pete grinste, aber der Spaß und die Freude, die er sich versprochen hatte, waren in weiter, weiter Ferne.

»Wie geht's mit der Arbeit, Charlie?«, fragte Dorrie.

»Ich und Tom Hagen haben einem Typen ein Angebot gemacht, das er nicht ausschlagen konnte, deswegen sind wir so spät aufgekreuzt.« Abgesehen von einem kurzen, unwillkürlichen Zucken gab Dorrie nicht zu verstehen, dass sie ihn gehört hatte.

»Mit der Arbeit geht's prächtig«, fuhr Charlie fort. Dorrie war das erste Mal auf ihn losgegangen, als es um die scheinbar kleinliche Frage ging, ob Spencer alt genug sei für ein eigenes Fahrrad. Bei Charlies Entscheidung, seine mehr oder weniger gut gehende Anwaltskanzlei aufzugeben und ausschließlich für Bill Gerard und Vic Cavanaugh zu arbeiten, hatten sie sich lauthals angeschrien. Nach diesem Tag hatte er ihre Gesellschaft gemieden, sogar bei wichtigen Familienfeiern, bis hin zum Tag seiner Scheidung. Das Phänomen, dass der Schwiegersohn die meiste Zeit über abwesend war, schien in der Zwischenzeit zu einer Tradition im Hause Henniston geworden zu sein.

»Wer ist er?«, bellte der Alte am Kopfende des Tisches.

»Du erinnerst dich doch an Charlie«, brüllte Dorrie zurück.

»Nicht Charlie, *er da*«, sagte er und deutete auf Charlie.

»Das ist Charlie, Bert. Spencers und Melissas richtiger Vater.«

Der Alte zeigte auf Sarabeths vor Wut schnaubenden Ehemann: »Ich dachte, der da sei Charlie!«

»Das ist Tony. Und jetzt halt den Mund.«

Spencer stand so unvermittelt auf, dass der Stuhl

nach hinten kippte und er sich an der Tischkante festhalten musste, um nicht selbst das Gleichgewicht zu verlieren. »Tony ist mein Dad! Ich kenne diesen Kerl überhaupt nicht!« Charlie war aufrichtig überrascht, wie groß der kleine Scheißer geworden war. Wann hatte er ihn zum letzten Mal gesehen? Das war bestimmt erst einige Monate her. »Du hast uns dieses Jahr noch nicht mal Geschenke geschickt.« Scheiße, dachte Charlie, er hat Recht. Wie hatte er das nur vergessen können?

Melissa sah zu Charlie auf. »Ich mag Tony nicht«, piepste sie. Es klang unaufrichtig, aber es tat dennoch gut, es aus ihrem Mund zu hören.

»Ich denke, es wäre besser, wenn du jetzt gehen würdest. Vielleicht kannst du Pete ja nach Hause fahren. Ich glaube, Betsy und die Kinder werden die Nacht hier verbringen.«

»Mich muss keiner nach Hause fahren, du Schlampe«, kam es von Pete. Aber er hatte verloren und wusste es auch.

»Auf Wiedersehen, Charlie.« Dorrie lächelte ihn an und setzte sich wieder.

»Gut, vielen Dank für den Wein.« Er kippte das fast volle Glas in einem Zug weg.

Melissa zog ihn am Arm. »Rate mal! Ich hab in einem Theaterstück mitgespielt, im *Weihnachtslied*, es ging um diesen Kerl, Bob Cratchit.«

»Und?«, brüllte Spencer dazwischen. »Du warst

ja nur die Schwester von Tiny Tim, und du hattest noch nicht mal einen Text.« Melissa streckte ihrem Bruder die Zunge raus. »Und *er* ist noch nicht mal gekommen, um es sich anzusehen!« Spencer zeigte Charlie den Vogel, rannte aus dem Zimmer und verpasste ihm, als er an ihm vorbeikam, einen gezielten, harten Stoß in den Magen.

»Er wäre gekommen, wenn Mom mir erlaubt hätte, ihm eine Einladung zu schicken!«, schrie Melissa ihm hinterher. Sarabeths Ehemann quittierte Spencers Abgang mit einem zustimmenden, kaum verhohlenen Grinsen. Plötzlich wurde Charlie bewusst, wie massig diese Gestalt war. Er hatte viel Fett auf den Knochen, besaß aber auch große, harte, wuchtige Hände. Charlie zweifelte nicht daran, dass der Typ ihn jederzeit nach Strich und Faden verprügeln konnte. Er wollte es nicht darauf ankommen lassen, umarmte kurz Melissa und verließ den Raum.

Pete war sehr still, als sie durch das Wohnzimmer in Richtung Eingangstür schritten. Der triumphale Skandal, den er erwartet hatte, war ausgeblieben. Charlie argwöhnte, dass das strafende Schweigen sich langfristig als ein effektives Mittel erweisen würde, um Pete ruhig zu stellen, solange er beschloss – oder solange ihm erlaubt wurde –, der Familie anzugehören.

Als Charlie die Eingangstür öffnete, kam Melissa

aus dem Esszimmer und raste zur Tür. »Kommst du nächste Woche zum Theater?«

»Klar komm ich, Liebes«, sagte Charlie, während sie sich bereits wieder umgedreht hatte und zum Esstisch zurückrannte.

Sie stapften durch den Schnee zum Wagen. Charlie drehte sich um, sah zurück und glaubte gesehen zu haben, wie Sarabeth vom Schlafzimmerfenster im ersten Stock auf ihn herabblickte. Vielleicht war es auch ihre Schwester gewesen. Bevor er sich vergewissern konnte, hatte sie den Vorhang zugezogen.

8

Es dauerte fünf Minuten, bis Pete wieder etwas sagte.

»Dorrie ist eine Schlampe.« Er sprach es langsam, verwundert, als handele es sich um eine plötzliche Eingebung. »Scheiße. Wir haben vergessen, den Flachmann aufzufüllen.«

»Willst du nach Hause?« Sie fuhren in westlicher Richtung, und Charlie wollte Pete in dessen Wohnung abladen, bevor er mit der Überraschung für Renata ins Sweet Cage zurückkehrte.

»Ich werde den Rest von Trinas Coke für später aufheben, aber ich denke, wir sollten noch irgendwo kurz auf einen Drink vorbeischauen. Nur einen noch, dann ist es an der Zeit, dass ich meinen Kopf auf ein Kissen bette und von süßen Pflaumen und netten alten Elfen und dem ganzen Scheiß träume.« Er lehnte seinen Kopf gegen das Seitenfenster und schloss die Augen. »Ich schlafe nicht. Rüttel mich durch, wenn wir was finden, das noch offen hat.«

Einige Minuten später bog Charlie von der Zufahrtsstraße neben dem alten Highway in den Parkplatz von Terwilliger's Social Clubbe and Grille ein. Pete rappelte sich auf, hustete und sah sich um.

»Wo sind wir?«

»Bei Terwilliger's.« Terwilliger's lag an der Ecke eines Parkplatzes, der zu einem großen Einkaufszentrum gehörte.

»Scheiße, ich hasse die Kneipe. Wässrige Drinks, und an den Wänden diese dumme alte Arzneimittelreklame.«

»Es ist Heiligabend. Was anderes werden wir in diesem Teil der Stadt nicht finden.«

»Ja, schon«, sagte Pete, »ich hasse den Laden aber trotzdem.« Er schlug die Wagentür auf.

»Aber wenn man jemanden zum Vögeln sucht, ist er gar nicht so schlecht.«

»Ich glaub nicht, dass ich in einer Nacht zweimal das Glück habe. Auch wenn ich noch dazu in der Lage wäre.« Mit finsterem Blick trat er in den Schnee hinaus, in dem er bis über das Schienbein versank. »Bist du hier Mitglied?«

»Ich bin überall Mitglied.«

Die junge Frau hinter der Theke stapelte Gläser aufeinander und ließ sich darin auch nicht unterbrechen, als sie eintraten. »Wir schließen, tut mir Leid.«

»Wir wollen nur einen Drink«, sagte Charlie.

»Jeder von uns«, fügte Pete an, für den Fall, dass sie sie missverstehen sollte.

»Es ist geschlossen«, sagte sie. Sie hatte keine Lust, sich mit ihnen auf eine Diskussion einzulassen. Sie sah nett aus, dachte Charlie. Sie besaß eines jener typischen College-Girl-Gesichter mit ein wenig Babyspeck und glattem kastanienbraunen Haar, das ihr bis zu den Schultern reichte. Ein wenig zu jung vielleicht, um hinter der Theke zu arbeiten. In einer Ecke des Raums stellte ein junger Mann Stühle auf die Tische. Im Restaurantbereich waren bereits die Lichter aus, sodass nur noch die runde Bar im Zentrum des Raums beleuchtet war.

»Und warum ist dann die Tür noch nicht abgeschlossen? Es ist acht Minuten vor elf, nach meiner Uhr«, sagte Pete. »Ich verlange einen Drink.«

»Ich hab die Kasse bereits geschlossen.«

»Komm schon, Pete, gehen wir.« Charlie fasste ihn am Ellbogen. Er schüttelte ihn ab.

»Mein Bruder hier, solltest du wissen, ist ein Gangster.«

»Komm schon, Pete«, wiederholte Charlie. »Entschuldigung, Honey.«

Sie sah zu dem großen Jungen hinüber, der mit den Stühlen zu tun hatte. Dann ließ sie sich erweichen. »Okay«, sagte sie, »wenn Sie sofort austrinken und gehen, dann geb ich einen aus. Ich will nur die Kasse nicht mehr öffnen.«

Schließlich gab es noch eine zweite Runde. Sie und der Junge gesellten sich beim zweiten Drink zu ihnen. Sie studierten an der Universität, kamen aber von außerhalb und konnten über Weihnachten nicht nach Hause.

»Ich hab 'ne Frage. Was soll das mit der Reklame?«, zeterte Pete.

»Welche Reklame?«

Er vollführte mit dem Arm einen weiten Kreis. »Diese alten Reklameschilder. Und der alte Schrott an der Wand. Warum hängt dieses beschissene alte Fahrrad an der Wand?«

»Weiß ich auch nicht«, antwortete sie. »Ich hab darüber noch nie nachgedacht.«

»Ich auch nicht«, sagte der Junge. »Jetzt, wo Sie es erwähnen, kommt es mir ziemlich blöd vor.«

»Charlie, ich glaub, ich hab die beiden ziemlich beeindruckt.« Sie standen draußen unter der Markise, während der Junge hinter ihnen die Tür abschloss. »Weißt du, wenn er sie heute Nacht nicht vögelt, dann nur, weil er's nicht versucht.«

»Ich weiß nicht. Sie hatte so eine Jesus-Fisch-Kette um den Hals hängen.«

»Scheiß auf die Fisch-Halskette. Hast du gesehen, wie sie ihre Margarita gekippt hat? Der war ziemlich stark. Ich glaube, sie wird den Jungen noch auf einen Cunnilingus-Kreuzzug mitnehmen.« Er sog tief die kalte Luft ein. »Das war genau richtig. Weißt du, irgendwann kommt ein Drink, mit dem man genau den perfekten Zustand der Trunkenheit erreicht. Und genau das war der. Ich fühle mich wie Gott. Los, fahren wir.«

Er tat einen Schritt, trat vom vereisten Gehweg auf den Parkplatz und rutschte aus. »Scheiße, Charlie, ich bin hingefallen.«

»Hast du dir wehgetan?«

»Ich bin zu betrunken, um mir wehzutun.« Er rappelte sich hoch, wollte aufstehen, rutschte erneut weg und fiel wieder hin. Charlie sah ihm dabei zu. Schließlich gelang es ihm, auf Hände und Knie zu kommen. Der Wagen stand nur zwei oder drei Meter entfernt.

»Schaffst du das?«

»Natürlich schaff ich das. Aber erzähl es keinem«, sagte er, während er auf allen vieren zur Beifahrertür kroch. Er zog sie auf, lehnte Kopf und Schultern drinnen an und begann auf den Boden der Beifahrerseite alles zu erbrechen, was er in vierzehn Stunden an Schnaps und Snacks in sich aufgenommen hatte.

»Heilige Scheiße, Pete, kotz es in den Schnee, nicht in den Lincoln!«

Pete hielt einen Augenblick inne, blickte mit leerer Miene zu Charlie, wischte sich mit dem Ärmel seiner Jacke über den Mund und fuhr mit seinem ausgiebigen Entleeren unter dem Kotflügel fort.

»Soll ich dich jetzt nach Hause fahren?«, fragte Charlie, als er aus dem Parkplatz wieder auf die Zufahrtsstraße bog. Pete hatte den größten Teil seiner Sauerei aus dem Wagen auf den Schnee des Parkplatzes gewischt.

»Ich kenne meine Grenzen, Charlie. Fahr mich nach Hause.« Seine Stimme war rau. Niedergeschlagen blickte er aus dem Seitenfenster und dann zu Charlie. »Hast du eine Zigarette? Eine Zigarette wäre jetzt der perfekte Abschluss des Tages.«

»Hab vor drei Jahren aufgehört.« Er hatte eine zu zwei Dritteln volle Packung im Handschuhfach liegen, wollte aber nicht, dass sich der penetrante Kotzegeruch im Lincoln auch noch mit Zigarettenqualm vermischte. Er kurbelte die Scheibe runter, damit der Gestank sich verflüchtigen konnte.

»Charlie, mach das Fenster zu, es ist kalt«, sagte Pete. Er hatte die Augen geschlossen und die Arme vor der Brust verschränkt.

»Du wirst es schon überleben«, sagte Charlie und öffnete auch Petes Fenster einen Spalt breit, damit die Luft durchziehen konnte.

Trotz des kalten Windes, der über sein Gesicht strich, war Pete fest eingeschlafen, als sie sein Haus erreichten. Charlie brauchte zehn Minuten, bis er ihn so weit wach hatte, dass er selbst aussteigen konnte. Wäre er nicht von oben bis unten mit seinem Erbrochenen eingesaut gewesen, hätte Charlie ihn einfach hinausgezerrt und zur Tür geschleift.

Pete hatte die Beine aus dem Wagen gestreckt, atmete tief ein und bereitete sich langsam darauf vor, den Weg zur Eingangstür anzutreten. »Komm mit rein, ich zeig dir das Haus, es ist schön. Betsy hat eine ganze Menge Scheißdreck eingerichtet, seitdem du das letzte Mal hier warst. Sie hat dieses Jahr sogar den verfluchten Dachboden renovieren lassen. Dabei müssen hundert, hundertfünfzig Fledermäuse draufgegangen sein.«

»Ihr habt Fledermäuse?«

»Die hat so gut wie jedes Haus in der Stadt. Man muss nur wissen, wo man nachsehen muss. Diese Stadt ist die Fledermaus-Hauptstadt des gesamten Mittleren Westens.«

Sobald er es geschafft hatte, die Tür aufzusperren, torkelte er zur Wohnzimmercouch, ließ sich auf sie fallen und verschmierte die Kissen mit seinem säuerlichen, halb getrockneten Erbrochenen.

»Soll ich dir ins Bett helfen?«, fragte Charlie, doch Pete war bereits weggetreten. Charlie wanderte durch das Zimmer, betrachtete die Bilder an den Wänden, Betsys kostspieligen Krimskrams, die edlen Möbel. Er überlegte, was die Couch wohl gekostet hatte, die Pete gerade ruinierte. In der Ecke stand ein Weihnachtsbaum, der mit winzigem, drolligem viktorianischen Schmuck dekoriert war und – er musste zweimal hinsehen – mit richtigen Kerzen statt elektrischen Lichtern. Der Gedanke kam ihm, dass das Leben mit Betsy trotz seiner alten Vorbehalte und gegenteiligen Fantasien und trotz der kitschigen Fassade aufregender gewesen wäre als mit Sarabeth.

In der Garage stand ein nagelneuer schwarzer Mercedes. Entweder hatte jemand heute Abend Betsy und die Kinder abgeholt, oder sie und Pete hatten drei Wagen, und einer von ihnen war ein neuer Benz. Charlie blickte durch das Beifahrerfenster. Die Schlüssel steckten. Er ging in die Küche zurück und schrieb eine Notiz:

Pete,
mein Wagen riecht nach Kotze, ich leih mir deshalb deinen. Tu mir einen Gefallen und putz den Lincoln NICHT, bevor du ihn seinem rechtmäßigen Besitzer zurückgibst. Stell ihn nach Weihnachten im Stadtzentrum vor Carswell Refrigerated Storage ab, lass den Motor laufen und dreh die Heizung voll auf.

Charlie

Er musste den Fahrersitz erst etwa dreißig Zentimeter nach hinten schieben, bevor er richtig saß, und auch das Lenkrad war zu tief eingestellt. Auch die mit Lippenstift verschmierten Kleenex-Tücher im Aschenbecher ließen darauf schließen, dass der Wagen Betsy gehörte. Er war so bequem wie der Lincoln, vielleicht sogar bequemer, obwohl er nur zwei Drittel so lang war. Er ließ den Motor an. Er klang gut. Er schaltete das Radio ein und war überrascht über die Lautstärke und den guten Klang, sogar auf Kurzwelle.

»Scheiß auf den Lincoln«, murmelte Charlie, als die Garagentür aufschwang und er langsam die Einfahrt hinausfuhr. Als er seinen alten Wagen auf der Straße stehen sah, fühlte er sich ein wenig schuldig und treulos. Er hielt an und ging durch die Schneewehen zum Lincoln, öffnete die Tür und warf einen letzten Blick hinein. Der einzige Gegenstand von minimalem Wert war der neue Straßenatlas, der Petes Kotzanfall im Weg gewesen war. Er holte die Schlüssel aus der Manteltasche und steckte sie ins Zündschloss, dann erinnerte er sich, dass er beinahe etwas vergessen hätte. Er ließ das Handschuhfach aufklappen, nahm den Umschlag mit dem Negativ heraus und schob ihn in die Innentasche seines Mantels. Ihm war nach Weinen zu Mute, als er zum Mercedes zurückging. Der Lincoln gehörte nun der Vergangenheit an.

9

Zum dritten Mal an diesem Abend bog er in den Parkplatz des Sweet Cage ein und stellte seinen Wagen neben einem verbeulten schwarzen TransAm ab. Acht Fahrzeuge waren mittlerweile versammelt, auf denen unterschiedlich hoch die Schneemassen lagen.

Er spähte kurz in den TransAm, während er an ihm vorüberfuhr. Dicke graue Abgaswolken kamen aus dem hochgezogenen Auspuffrohr, die Scheiben waren innen beschlagen, und die ganze Kiste schaukelte wie ein Kahn in stürmischer See. Himmel, dachte er, erst Trina und Pete, und jetzt das. Wie konnte man bei dieser Kälte in einem Auto vögeln?

Drinnen im Club war Amy Sue auf der Bühne und trug nur noch ihr knappes blaues Höschen. Etwa fünfzehn Gäste, einige davon waren wie für die Kirche angezogen, starrten ihren sich windenden, dürren Körper an. Sidney war hinter dem Tresen und hatte bereits seinen Mantel übergeworfen. Er unterhielt sich so leise mit Renata, dass Charlie nichts davon verstand. Es sah aber nicht gut aus für Sidney.

»Renata, kann ich dich kurz sprechen?«, fragte Charlie.

»Einen Moment noch«, sagte sie. »Ich hab hier ein Problem.« Sie wandte sich wieder an Sidney, dessen Stimme in der Verzweiflung eine halbe Oktave höher geworden war als sonst.

»Renata, wenn es nicht um meine Kinder ginge, würde ich sagen, scheiß drauf, aber ich muss sie abholen. Meine Exfrau würde mich auf der Stelle vor Gericht zerren, wenn sie davon erfährt.«

»Ich versteh nur nicht, warum du der alten Schachtel nicht sagst, sie soll verdammt noch mal zum Mond fliegen.«

»Hab ich«, sagte Sidney, »aber sie lässt sich vom *Garden of the Gods* nicht abbringen.«

»Eine beschissene Großmutter ist das, wenn du mich fragst.«

»Ja.«

»Gut, dann geh. Das heißt aber, dass du deine nächsten drei freien Abende abschreiben kannst.«

»Ja, danke, Renata.« Sidney ging um die Bar herum. »Hallo, Charlie.«

»Verflucht, ich hab nicht die geringste Lust, mich heute Abend hinter die Theke zu stellen. Warum setzen diese Leute überhaupt Kinder in die Welt? Das wirft nicht nur ihre eigenen Pläne über den Haufen, sondern auch die der anderen. Du hast doch auch ein Kind, oder?«

»Zwei.«

»Aber du lässt es nicht zu, dass sie dein Leben bestimmen, oder?«

»Nicht wirklich. Hat dir Sidney erzählt, dass ich was für dich habe?«

»Nein, er musste mir was von seinen Kindern vorheulen und dass er früher gehen wollte. Worum handelt es sich? Ein Weihnachtsgeschenk?«

»Können wir in dein Büro gehen?«

Sie zog eine Augenbraue hoch. »Klar.« Sie rief ins Büro. »Anita, komm her und kümmere ich für einen Moment um die Bar.«

Eine große, ziemlich hübsche schwarze Frau in einem hellgrünen Bikini erschien und runzelte die Stirn. Als sie Charlie erblickte, lächelte sie. »Hi, Anwalt, lange nicht mehr gesehen.« Anita besaß eine so tiefe Stimme, dass er ursprünglich geglaubt hatte, sie sei früher ein Mann gewesen, bis er sie nackt auf der Bühne gesehen hatte. »Das ist meine Pause«, sagte sie. »Dauert es lang?«

»Kann sein. Hör auf zu jammern und schenk Bier aus. Komm schon, Charlie, lass sehen, was dich am Heiligabend so umtreibt.«

»Du humpelst, Charlie«, sagte Renata.

»Alte Knieverletzung, 1962, bei einem Spiel zwischen der Army und der Navy.«

»Verstehe. Setz dich.«

Das Büro war winzig, dennoch ließ es sich Renata nicht nehmen, ihren Schreibtischstuhl hinter dem Tisch hervorzuziehen. Sie wies Charlie an, Platz zu nehmen, und setzte sich ebenfalls, kreuzte bewusst und umständlich ihre langen, muskulösen Beine und ließ rhythmisch den rechten baumelnden Fuß kreisen. Unter ihrer Strumpfhose zeichnete sich kurz unterhalb des zierlichen rechten Knöchels, über dem schwarzen Pumps, eine sehr dünne Goldkette ab. Charlie spürte, wie er schlucken musste, er glaubte, sie könne sein trockenes Würgen hören.

»Ich hab heut 'ne komische Geschichte über dich gehört, Charlie.«

»Was?« Er zwang sich, nicht auf ihre Beine zu starren.

»Ich hab gehört, du hast den Stripperinnen die Bühnenmiete erlassen. Ihnen Drinks ausgegeben. Das passt ganz und gar nicht zu dir.«

Wieder schluckte er. »Wer hat dir das erzählt?«

»Spielt keine Rolle. Was hast du für mich?«

Er fasste in seinen Mantel und zog den Umschlag heraus. »Frohe Weihnachten«, sagte er, als er ihn überreichte.

Sie riss den Umschlag auf, atmete hörbar ein und aus und starrte Charlie an. Ihr Unterkiefer hing leicht nach unten, die Lippen standen einen kleinen Spalt offen. Endlich habe ich dir mal eine Reaktion entlockt, dachte er. Dann fing sie sich wieder, presste die Zähne aufeinander und verengte die Augen zu schmalen Schlitzen. Sie hielt das Negativ am durchbrochenen Rand gegen das Licht der Stehlampe. »O Gott, das ist er. Du hast keinen Abzug davon?«

»Nein, aber ich hab einen gesehen, astrein und gestochen scharf. Siehst du seine linke Hand, mit der er sie am Handgelenk festhält? Man kann seinen Ehering erkennen. Man kann sogar die Aufschrift auf der Vaselinedose entziffern.«

»Wow, mitten in Cupcakes Arsch.« Sie blinzelte. »Was hat das Bill gekostet?«

»Der Fotograf bekam zwei-fünf. Cupcake sollte dieselbe Summe erhalten, schlug dann aber ziemlichen Radau, als sie erfuhr, dass er hinten rein wollte, und Bill musste ihr volle vier hinblättern.«

Renata schnaubte. »Ach was! Als hätte sie sich noch nie eine Ladung in den Arsch spritzen lassen!«

»Sie sagte, sie hätte es noch nie getan, außer aus Liebe.«

»Hm, vielleicht stimmt das sogar. Da braucht's schon einiges dafür.« Sie entfernte den Lampenschirm, blinzelte in das Licht der nackten Birne und bewunderte das Negativ. »Ich denke, meine nächste Frage lautet: Was willst du dafür?«

»Nichts. Es ist ein Weihnachtsgeschenk. Gerard macht keine Geschäfte innerhalb der Stadt, er muss gegen Stadträte nichts in der Hand haben.«

»Komm schon, Charlie. Gerard führt keinen beschissenen Wohlfahrtsverband. Außerdem bekomme ich es von dir und nicht von Gerard oder Vic. Wo ist der Haken?«

»Es gibt keinen Haken.«

»Quatsch.« Sie lehnte sich zurück, löste ihre gekreuzten Beine, beugte sich nach vorn und legte die Hände auf die Knie. Einen Augenblick lang musterte sie Charlie, dann lehnte sie sich wieder zurück und schlug erneut die Beine übereinander. Das Geräusch der aneinander reibenden Nylon-Strumpfhose ließ ihn wieder schlucken. Ihre Beine waren etwas dunkler als ihre bloße Haut. Er stellte sich vor, wie seine Hand ihr Knie berührte, wie sie dort verweilte und er das kalte Nylon fühlte und darunter ihre warme Haut. Sie neigte den Kopf zur Seite und sah ihm in die Augen, als hätte sie ihn erst jetzt, gerade in diesem Moment bemerkt. »Entweder hast du den Verstand verloren, oder du bist im Begriff, aus der Stadt abzuhauen.«

»Weder noch.«

»Du hattest eine Zeit lang die Hand auf der Kasse, oder?«

»Ich muss los.« Er wollte aufstehen.

»Einen Moment.« Sie erhob sich schneller, als er es jemals geschafft hätte, und drückte ihn mit ihrer langen, schlanken Hand in den Stuhl zurück. »Ich werde es verwenden, und ich meine sofort, noch am Weihnachtstag, aber nachher werde ich Bill Gerard beweisen müssen, dass ich es in gutem Glauben getan habe. Schreib mir einen Brief, in dem du darlegst, dass du mir das Negativ auf Anweisung von Gerard gegeben hast.«

Charlie war entsetzt. »Ich soll das schriftlich aufzeichnen?«

»Gerard ist der Einzige, der es jemals zu Gesicht bekommen wird. Ich bin dann mit ihm im Reinen, und du bist längst weg.« Sie legte ihm ihre Hand an die Schläfe. »Das ist sehr nett von dir, Charlie.« Sein Gesicht brannte. Sie öffnete ihre Schublade und zog ein Blatt Papier und einen Stift heraus.

Liebe Renata,
Bill Gerard lässt Dir das geben; gebrauche es nach Belieben.
Charlie Arglist

Er saß an ihrem Schreibtisch, sie stand hinter ihm, ihre linke Brust presste sich an sein rechtes Schulterblatt, ihr Arm lag um seine andere Schulter. »Das ist gut, kurz und prägnant«, sprach sie leise in sein Ohr. Unter dem Schreibtisch spürte er seine halbe Erektion, die sich nur durch den Stoff der Hose und eine monumentale Willensanstrengung zurückhalten ließ. Sie nahm die ersten drei Entwürfe des Briefs und zündete sie mit einem Einwegfeuerzeug über dem Papierkorb an, während er den Brief faltete und mit dem Negativ in den Umschlag schob.

»Sieht fast so aus, als würde im Tease-o-Rama einer nach dem anderen verschwinden. Warum ist das so?«

Seine Kehle zog sich zusammen.

»Bist du endlich fertig, Renata?« Anita stand in der geöffneten Tür.

»Bin gleich so weit.«

»Ich muss auf die Bühne. Und Amy Sue muss sich umziehen. Jemand sollte sich um die Bar kümmern.«

»Wo zum Teufel ist eigentlich Rusti?«

»Sidney sagt, sie ist mit einem Typen abgehauen, als hier nichts los war.«

»Natürlich! Gut, ich bin in einer Sekunde da. Verdammte Scheiße.«

Anita zuckte die Achseln und verschwand wieder.

»Hast du noch was vor am Heiligabend, Charlie?«

»Nichts.«

»Schon die Kinder gesehen?«

»Ja.«

»Ich schulde dir was.« Lächelnd kam sie näher.

Er wand sich. »Ich hab es nicht getan, weil ich von dir was wollte«, begann er.

»Du scheinst ein wenig nervös zu sein, Charlie. Komm schon, dein kleines dreckiges Bild wird dafür sorgen, dass meine Stripperinnen noch lange nackt auf der Bühne stehen werden und das Bier in Strömen fließt.« Sie berührte wieder seine Wange und kratzte leicht mit ihren langen Fingernägeln über sein Ohr. »Ich denke, du hast dir etwas verdient.« Sie beugte sich vor und berührte mit ihren Lippen seinen Mund. »Warum schaust du um zwei nicht noch mal hier vorbei und kommst dann mit zu mir nach Hause?«

»Ich bin um zwei mit jemandem verabredet.« Er spürte, wie sich sein Brustkorb zusammenpresste. Er hatte noch nie gehört, dass Renata jemand zu sich mitgenommen hätte.

»Wie schade. Dann komm mit nach vorn, und ich geb dir noch ein Bier aus.« Er folgte ihr durch die Bürotür; die Bewegung ihrer Hüften war wie ein dröhnender Glockenschlag.

Ein überflüssiges Bier später stieß er die Eingangstür auf und trat aus der trockenen Hitze des Sweet Cage hinaus in das heftige Schneetreiben. Mitten auf dem Parkplatz hatte etwa ein halbes Dutzend Männer einen Kreis gebildet, einige unter ihnen johlten, einige blickten sich nervös zu Charlie um. Rusti und Ronny lehnten am TransAm. Der Motor dröhnte noch, das Schaukeln aber hatte aufgehört. Rusti trug noch immer Ronnys Schaffelljacke. Ronny hatte eine frische Wunde an der Stirn, die zu ihrem blauen Veilchen passte; sein Hemd hing ihm noch aus der Hose, sein Gürtel war offen. Charlie näherte sich der Menge.

Sidney drückte einen dürren Jungen mit langem blonden Haar und ärmelloser Weste mit dem Gesicht in den dreckigen Schnee des Parkplatzes, seinen linken Arm hatte er ihm schmerzhaft auf den Rücken gebogen. Sidneys Gesicht war so gerötet und er schnaufte so laut, dass Charlie glaubte, der Barkeeper könnte jeden Moment ohnmächtig werden. Speichel tropfte ihm aus den Mundwinkeln und gefror ihm im Gesicht.

»Nicht die linke Hand, nicht meine linke, Scheiße, nicht die linke«, flehte der Junge, dessen Gesicht vor Blut und geschmolzenem Schnee glänzte.

Ein Mann in einem orangefarbenen Skiparka und langer, spitz zulaufender Wollmütze drehte sich grinsend zu Charlie um. »Er bricht dem Bengel die Finger.« Ein lautes Knacken, gefolgt von einem heiseren Aufschrei, ließen den anderen wieder zum Schauplatz blicken. Die rechte Hand des Jungen lag bewegungslos und stark geschwollen neben seinem Körper.

»Charlie!« Rusti kam mit nach außen abgewinkelten Beinen durch den Schnee angelaufen. »Er bringt ihn noch um!«

Charlie sah wieder zu Sidney. Es war nicht ausgeschlossen. »Was soll ich deiner Meinung nach tun?« Der Junge stieß einen schrillen Schrei aus, als ihm Sidney einen weiteren Finger brach.

»Stopp ihn! Er hört auf, wenn du es ihm sagst!«

Charlie trat zwischen den Umstehenden nach vorn und ging in einem Abstand von etwa eineinhalb Metern zu Sidney in die Knie. Sidney versuchte gerade, den dritten Finger an der linken Hand des Jungen fest in den Griff zu bekommen. »Sidney, als dein Anwalt rate ich dir, den Jungen in Ruhe zu lassen.«

Sidney gab durch keinerlei Regung zu erkennen, dass ihm Charlies Anwesenheit bewusst war oder er ihn überhaupt gehört hatte. Kurz fiel der Blick des Jungen auf Charlie, dann wandte er sich verzweifelt wieder ab.

»Das ist ein tätlicher Angriff.« Als er keine Reaktion von Sidney erhielt, versuchte er zu überlegen, welcher Vergehen sich der andere damit noch schuldig machte. »Das ist schwere Körperverletzung. Misshandlung. Im Beisein von Zeugen. Du kannst dir damit ernsthafte Probleme einhandeln.«

Sidney blickte zu ihm auf. »Siebzig Prozent«, sagte er mit rauer Stimme. Er zuckte, als er den Finger nach hinten zog; das Knacken blieb aus, der Junge aber heulte jämmerlich auf. Er riss ein weiteres Mal, fester, dann war das Knacken zu hören und ein weiterer schmerzverzerrter Schrei. »Achtzig.«

»Hörst du nach dem zehnten Finger auf?«

Wieder sah ihn Sidney an. »Ja, außer du bist der Meinung, er könnte auch lernen, mit den Zehen Gitarre zu spielen.«

Während Sidney den nächsten Finger umfasste, stand Charlie auf und ging zum TransAm.

Erneut schrie der Junge auf, begleitet vom zustimmenden Gegröle der Menge. »Kannst du ihn nicht dazu bringen, dass er aufhört?«, bestürmte ihn Rusti.

»Nur einen noch, dann ist er fertig. Was ist überhaupt passiert?«

»Na ja, wir sind durch die Gegend gefahren. Ronny und ich. Und dann haben wir uns unterhalten und geredet und geredet, über die Schule und das ganze Zeug. Und Ronny war total in mich verknallt, nur hab ich's nicht gewusst. Dabei waren wir nur in zwei Klassen zusammen, in Englisch und Chemie, und ich hab noch nicht mal gewusst, wer er war. Aber als wir so herumgefahren sind, da ist mir aufgefallen, was für ein süßer Junge er ist.«

»Überspring diesen Teil und erzähl mir lieber, warum Sidney dem Typen alle Finger bricht.«

»Na ja, wir kamen hierher zurück, damit ich meine Schicht antreten konnte. Nur für den Fall, dass doch was los ist. Und wir saßen hier und haben uns wieder unterhalten, und eins hat dann zum anderen geführt …« Sie errötete; Ronny zog sie an sich.

»Wir werden heiraten«, sagte er. Sie strahlte ihn an.

Charlie versuchte es erneut. Er zeigte auf Sidney, der sich bemühte, den letzten Finger zu fassen zu bekommen, während ihn die Menge anfeuerte. »Rusti, warum findet das da drüben statt?«

»Na ja, das Nächste, was wir mitbekommen haben, war Stroke, der einfach die Tür aufriss.«

»Stroke?«

»So heißt er. Heißt mein Freund so? Mein Exfreund, denke ich.« Sie warf einen kurzen Blick auf Ronny, der verhalten lächelte. »Jedenfalls wollte er mich aus dem Wagen zerren und krakeelte herum und fluchte und bedrohte mich, dann schlug er Ronny gegen die Stirn, und dann kam Sidney heraus, zog ihn aus dem Auto und schleifte ihn dort hinüber, um ihm alle Finger zu brechen.«

»Ich hätte ihn schon selber verdroschen, aber ich kam nicht mehr dazu«, sagte Ronny. Rusti hakte sich unter seinem Arm ein und betrachtete ihn bewundernd. Auch vom letzten Knacken und dem begleitenden Aufschrei, der von Schmerz und ebensosehr von Erleichterung geprägt war, ließ sie sich kaum ablenken.

Sidney stand auf und kam leicht schwankend auf den TransAm zu. Die Zuschauer stiegen um den elend wimmernden Stroke herum und schlenderten ins Sweet Cage zurück.

Sidney lehnte sich erschöpft an den Wagen. »Ich will den Typen hier nicht mehr sehen. Verstanden?«

»Verstanden«, sagte Rusti.

»Gut«, sagte Sidney. Er starrte Ronny an, der den Blick abwendete. »Solltest du glauben, du könntest bei ihr denselben Scheiß abziehen, dann weißt du, was dir blüht.« Ronny erbleichte und nickte. Sidney patschte ihm freundlich auf den Arm. »Guter Junge.«

»Sidney, vielleicht sollten wir hier abhauen, bevor die Bullen auftauchen.«

»Ja«, sagte Sidney, der nun allmählich wieder zu Atem kam. »Ich muss sowieso weg und die Kinder abholen. Scheiße, ich bin außer Form.« Er wies mit einem Kopfnicken Richtung Eingang. »Rusti, lass dich lieber mal da drin blicken und fang deine Schicht an. Es sind nur noch Anita und Amy Sue da, und Renata ist ziemlich sauer.«

Ronny pumpte sich auf. »Sie strippt nicht mehr.« Er trat zwischen Rusti und Sidney. Sidney starrte ihn ungläubig an.

»Schon okay, Ronny, ich mach noch diese letzte Schicht.«

»Vergiss es«, sagte Ronny. »Wir haben beschlossen, dass du nicht mehr strippst.«

»Hör mal zu, du kleiner Scheißhaufen, ich hab dich soeben davor bewahrt, dass dir mit einem Montiereisen das Gehirn zu Brei geschlagen wird. Rusti, ich kann dich nicht zwingen, deine Schicht anzutreten, aber an deiner Stelle würde ich das lieber tun.«

»Ronny, ich kann nicht mitten in der Schicht aufhören. Ich schwör dir, heute Nacht noch, und dann ist Schluss. Dann stripp ich nur noch für dich zu Hause.«

»Ich hab dir gesagt …«, begann er, verstummte aber, als er Sidneys Blick bemerkte, der Ronnys brechbare Gliedmaßen zu inventarisieren schien.

»Heute Nacht noch, und das war's dann?«

Rusti berührte sanft Ronnys Ärmel. »Dann ist Schluss. Versprochen. Sidney, könntest du das Lokalverbot für Ronny aufheben?«

Sidney seufzte. »Okay, ist aufgehoben.«

Während Rusti und Ronny Arm in Arm ins Sweet Cage zurückgingen, bog ein verbeulter VW-Bus auf den Parkplatz ein, wich im letzten Moment dem im Weg liegenden Stroke aus und schrammte an einem Kombi entlang, dessen Stoßstange ein »Jesus liebt dich«-Aufkleber zierte. Der Bus setzte zurück und manövrierte schließlich in eine freie Parklücke, wobei er Stroke beinahe wieder überfahren hätte. Ein Mann um die vierzig mit einem grauen Vollbart, langen Haaren und einer Fransenlederjacke stieg aus und inspizierte erst die Frontpartie seines Busses, dann die nicht zu übersehende Schramme am Kombi und schließlich Stroke. Er blickte auf und sah verunsichert zu Sidney und Charlie hinüber.

»Der lag schon da, als ich kam«, sagte er.

»Vielleicht sollten wir ihn woanders hinlegen, bevor ihn noch jemand überfährt«, sagte Sidney.

»Komm, hilf uns«, rief er dem Fahrer zu.

»Habt ihr gesehen, was mit ihm passiert ist?«

»Er ging mit einem Montiereisen auf eine der Stripperinnen los«, sagte Sidney, fasste Stroke unter den Schultern und hob ihn hoch.

»Er steht unter Schock. Schaut ihn euch an.«

Strokes Gesicht war kreidebleich, sein Blick ging ins Leere. »Meine Band«, murmelte er.

Durch das Rauschen des Windes hindurch glaubte Charlie eine Sirene zu hören. »Kommt schon, beeilen wir uns.«

»Ihr zwei packt ihn am Bein. Wir legen ihn in die Nähe des Eingangs.«

»Ich denke, wir sollten einen Arzt rufen«, sagte der andere.

»Er hat Recht, Sidney. Jetzt hau schon ab. Wir kümmern uns um ihn.«

»In Ordnung. Ich hasse es nur, die Dinge nicht zu Ende zu bringen.« Er ging zu seinem alten weißen Falcon und stieg ein.

Noch während Charlie und der Mann in der Fransenlederjacke Stroke in Richtung Sweet Cage trugen, bog ein Polizeiwagen ein. Sidney war noch keine dreißig Sekunden fort. Der andere riss die Augen auf, als er den schwarz-weißen Wagen erblickte.

»Was für ein Zufall, Anwalt, Sie zweimal in einer Nacht zu sehen«, sagte der erste Bulle.

»Kann man wohl sagen.« Charlie versuchte sich an den Namen des Bullen zu erinnern.

»Was ist los? Einer der Nachbarn gegenüber hat eine Schlägerei gemeldet.«

»Weiß nicht genau. Wir haben ihn hier gefunden, dachten, er sei hackedicht. Wir wollten ihn reintragen, damit er nicht erfriert.«

Der erste Bulle stieg aus. Charlie und der andere legten ihre Last ab. »Meine Band«, murmelte Stroke, »verdammt noch mal, meine Band ...«

»Sieht aus, als ob ihm jemand 'ne Abreibung verpasst hätte«, sagte der Bulle. Charlie sah zu seinem Namensschild. Wilmington. Tom? Tim? »Scheiße, schauen Sie sich seine Hände an. Sie haben nicht zufällig gesehen, was hier vorgefallen ist?«

»Nein. Vielleicht sollten Sie ihn ins Krankenhaus bringen.«

»Hey, Chet, schau dir das an.« Der Bulle am Steuer stieg aus und kniete sich neben seinen Partner.

»O Gott, Ted«, sagte der zweite Polizist. »Wer hat dich so zugerichtet, Junge?«

»Meine Band«, wimmerte Stroke.

»Er ist so high wie ein Papierdrache«, lachte Chet.

»Nein, er steht unter Schock. Ich denke, wir sollten ihn wirklich ins Krankenhaus bringen.« Sie trugen Stroke zum Polizeifahrzeug und hievten ihn auf den Rücksitz. »Frohe Weihnachten noch, Anwalt«, rief Officer Ted, als sie auf die Straße bogen.

10

Charlies Apartment lag einige Kilometer westlich der Stadtgrenze und gehörte zu einer Ansammlung meist unbewohnter und identisch luxuriöser Wohnblöcke. Er brauchte seine Wohnung zu nichts anderem als zum Schlafen. Letztes Jahr hatte er einen Weihnachtsbaum aufgestellt, einen richtigen Baum aus dem Wald, der sich zu einer ernsthaften Feuergefahr entwickelt hatte, als er ihn im März endlich entfernte. Die Nadeln hatten sich gelb verfärbt und um den Ständer herum auf dem Teppich verteilt. Er hatte ihn für die Kinder besorgt, war dann aber nie dazu gekommen, sie einzuladen. Die dünnen Wände waren nackt, die Wohnzimmereinrichtung bestand aus einem schwarzen Laz-E-Boy, einer dazu passenden Ottomane und einem kleinen Fernsehapparat.

Er stand im Dunkeln und überlegte, ob er ihn anstellen und sich einen Film ansehen sollte, fürchtete aber, einzuschlafen und seine Verabredung mit Vic zu verpassen. Seine beiden Reisetaschen standen an der Tür. Er hielt es für einen ziemlichen Aufwand, beide mitzuschleppen, und erneut fragte er sich, ob er sich nicht mit einer zufrieden geben könnte, aber letztendlich wusste er nicht, wie viel Platz er für das Geld brauchen würde. Lieber auf Nummer sicher gehen, auch wenn dann eine nur halbvoll war.

Am Kühlschrank klebte die einzige Dekoration, die in der ganzen Wohnung zu finden war, die Buntstiftzeichnung eines Clowns, die ihm Melissa vor zwei Jahren geschenkt hatte. Er öffnete den Kühlschrank, sah hinein und überlegte, was er noch gefahrlos verzehren konnte. Die verderblichen Lebensmittel schienen aber alle schon verdorben zu sein. In der Tür steckte ein Karton mit acht Eiern; er versuchte sich zu erinnern, wann er die restlichen gegessen hatte – er hatte eines Morgens Omelettes zubereitet, als Dora die Nacht bei ihm verbracht hatte. Wann hatte er mit ihr Schluss gemacht? Musste um den Labour Day gewesen sein. Oder noch früher?

Er ging ins Schlafzimmer und setzte sich im Dunkeln auf das Bett. Er hatte sie nur einmal hierher mitgenommen. Meistens waren sie zu ihrer Wohnung gefahren, hauptsächlich deshalb, weil seine so leer war. Vielleicht sollte er sie ein letztes Mal anrufen, sich bei ihr entschuldigen, ihr erklären, warum er hier abhaute. Vielleicht konnte er versuchen, sie noch einmal in die Kiste zu lotsen, zum Gedenken an die alten Zeiten.

Wieder spürte er den Ansatz einer Erektion. Was lief in dieser Nacht überhaupt ab? Vielleicht machte ihn die Tatsache, dass er die Stadt verließ, geil – so eine Art soziobiologisches Bedürfnis, einen Teil seines genetischen Codes zu hinterlassen, bevor er weiterzog. Vielleicht setzte das Coke die antiaphrodisische Wirkung des Alkohols außer Kraft. Vielleicht lag es an dem unvorhergesehenen, engen Kontakt zu Renata und ihrem unglaublichen Vorschlag, ihm später eine Belohnung zukommen zu lassen. Großer Gott, hatte er wirklich die Möglichkeit ausgeschlagen, Renata zu vögeln? Was für eine Art, der Stadt auf Wiedersehen zu sagen.

Er schüttelte den Kopf und widerstand dem übermächtigen Wunsch, sich auf das Bett zu legen. Es ging nicht. Wenn er noch länger in seiner Wohnung blieb, würde er einschlafen. Es wäre besser, wenn er sich in Richtung Vics Haus auf den Weg machen würde. Er könnte im Midtown Tap Zwischenstation einlegen und die Zeit totschlagen, vielleicht hatte er sogar die Möglichkeit, Tommy zu sehen. Er nahm die Taschen und trug sie nach draußen. Er wollte schon die Tür zuschließen, überlegte es sich dann aber anders, ließ den Schlüssel stecken und ging. Dann konnten sie sich den Kopf darüber zerbrechen.

Auf dem Highway in Richtung Stadt spürte er, wie er wieder schläfrig wurde. In seiner Hüfte pochte ein dumpfer Schmerz. Der Schnee kam in dicken, langsam niedersinkenden Flocken, die im hellen Strahl seiner Scheinwerfer herumwirbelten. Die Sicht betrug weniger als zehn Meter. Er fuhr kaum sechzig, teils aus Vorsicht, teils, weil ihm immer bewusster wurde, wie betrunken er war. Bei einer Ausfahrt kurz vor der Stadtgrenze bog er, einem Impuls folgend, kurzerhand ab und folgte etwa einen Kilometer lang der Zufahrtsstraße. Als er den Parkplatz hinter einem niedrigen, eingeschossigen Gebäude ansteuerte, unterschätzte er seine Geschwindigkeit und krachte mit der Schnauze des Mercedes in die orangefarbene Backsteinwand. Er stieg aus und besah sich den Schaden. Einige der Ziegel wiesen Risse auf, die Stoßstange des Wagens war übel zerschrammt. Er zuckte die Schultern und ging hinein. Das Gebäude gehörte Bill Gerard, der Mercedes Betsy van Heuten. Wen kümmerte das schon?

Die Glocke gab ein trauriges, dumpfes Klingeln von sich, als er die Tür öffnete. Drinnen war es dunkel, und es roch nach Ammoniak.

»Charlie! Ich hatte gehofft, es wär ein Kunde.« Hinter der Empfangstheke war ein untersetzter junger Mann mit wilder Lockenpracht über ein Filmschneidegerät gebeugt. Er trug eine zerrissene blaue Latzhose, unter der eine speckige lange Unterhose hervorblinzelte. »Bist du da gerade in die Wand gekracht?«

»Ja, das war ich. Wie geht's, Lenny?«

»Wir brauchen einen neuen Projektor in Kabine fünf. Der jetzige frisst die Filme.«

Charlie wand sich beim Gedanken an die Kosten, die dafür aufzubringen waren. Es fiel ihm schwer, sich an den Gedanken zu gewöhnen, dass dies nun nicht mehr sein Problem war. »Können wir ihn nicht einfach reparieren?«, fragte er aus Gewohnheit.

»Er ist bereits sechsmal repariert worden. Heute Abend hat er wieder einen Film gefressen, ich bin mir nicht sicher, ob ich ihn noch retten kann.«

»War wenig los?«, fragte er.

Lenny breitete die Arme aus und zeigte auf den leeren Laden. »Ein Betrunkener kam so um halb neun, ist dann in Kabine zwei eingeschlafen. Ansonsten war's so wie jetzt auch. Ich weiß nicht, ob es am Feiertag oder dem Schneefall liegt. Wenigstens hab ich Zeit, die Filme zu reparieren.«

»Zu schade, dass du an Weihnachten arbeiten musst«, sagte Charlie.

»Ist mir egal. Meine Familie ist an der Ostküste, und ich bin Atheist. Für mich ist das eine Nacht wie jede andere auch.«

»Du feierst Weihnachten überhaupt nicht?«

»Nicht wirklich ... einen Moment, ich muss dir was zeigen. Es liegt im Kofferraum meines Wagens.«

Er ging nach draußen. Charlie begab sich hinter die Theke und betrachtete die Dose für den Film, den der junge Mann reparierte. Auf dem Cover war eine blonde Frau mit vor schmerzlicher Verzückung entrückter Miene zu sehen. Sie hatte die Augen geschlossen, die knallrote Oberlippe war nach oben gezogen, sodass ihre Zähne und ihre Zunge zum Vorschein kamen. Der Titel lautete *Hausfrauen an der Hintertür* und gehörte zur »Analen Connaisseurs«-Serie. In der Filmdose waren die Cover-Kunstwerke anderer Titel aus der Serie abgebildet: *Die rektale Nachtschwester, Die Gehilfin des spitzen Doktors, Babysitterin des Analen, Madame Po-padour, Debütantin der Lust* – all die SM- und Analmachwerke auf Super-8, die das Herz des Kenners höher schlagen ließen. Er betrachtete ein weiteres Mal das Foto auf der Filmdose und verglich das leidenschaftliche Mienenspiel der Frau mit Cupcakes todernster Langweilermiene, wenn sie in entsprechender Pose abgelichtet wurde. Er kam zu dem Ergebnis, dass Cupcake nicht das Zeug zu einer großen Pornokarriere hatte.

Der junge Mann kehrte mit einer großen Pappschachtel zurück. »Ich hab das mal für den Kunstunterricht angefertigt.« Er holte ein unter einer Leinwand verborgenes, etwa dreißig Zentimeter hohes Objekt heraus und stellte es auf die Empfangstheke neben das Filmschneidegerät. »Bereit?«

Charlie nickte nur mäßig interessiert.

Er zog die Leinwand weg. Über einer auf dem Boden liegenden Nikolausfigur stand eine Frau Nikolaus, die mit Ausnahme ihrer schwarzen Schaftstiefel völlig nackt war, nur ihre Nippel und ihr Schamhaar waren grell bemalt; in der Hand hielt sie eine Peitsche. Die Nikolausfigur unter ihr trug einen winzigen weißen Slip, die Hände waren gefesselt. Beide zeigten ein engelhaftes Lächeln. »Es heißt ›Jetzt kommt der Nikolaus‹.«

»Nett«, sagte Charlie.

»Diese Puppen kann man in Läden kaufen. Die Leute machen sich dann eigene Kostüme für Herrn und Frau Nikolaus. Wie auch immer, wenn man sie kauft, wird nur die Unterwäsche mitgeliefert, sie trägt einen Slip und er Boxershorts. Es hat sich also regelrecht aufgedrängt.«

»Was soll das heißen, es hat sich aufgedrängt?«

»Ich hab die Stellung aus einer ...« Er überflog das SM-Regal und zog eine Zeitschrift mit dem Titel *Domina-Schlampen* heraus. Er blätterte sie durch und reichte sie dann Charlie. Ein Foto zeigte ein Paar in genau der Stellung, allerdings sahen die dominante Frau und der sich am Boden windende Mann beträchtlich jünger und fitter aus als Herr und Frau Nikolaus. »Ich hab eine Eins dafür bekommen.«

»Scheint mir gerechtfertigt«, sagte Charlie.

Lenny legte die Leinwand über das Objekt und

stellte es in den Karton zurück, dann setzte er sich wieder und fuhr mit seiner Arbeit am Film fort.

»Also, bekommen wir nun einen neuen Projektor?«

Obwohl Charlie wusste, dass ihn das Problem eigentlich nichts mehr anging, zuckte er zusammen. Seitdem er und Vic mit der doppelten Buchführung begonnen hatten, legte er eine mönchische Enthaltsamkeit an den Tag, wenn es um Betriebsausgaben ging. Die Anschaffung eines neuen Projektors, so notwendig diese auch sein mochte, wäre etwas gewesen, wogegen er sich gesperrt hätte, bis es nicht mehr anders ging. Andererseits, warum sollte er sich deswegen noch streiten?

»Klar«, sagte er. In zwei Tagen wäre es Deacons Problem.

»Machst du Witze?«

»Nein, wieso?«

»Ich weiß nicht, aber ich habe eigentlich erwartet, dass ich dir da noch sechs Monate lang auf die Nerven fallen muss. Das ist toll, Charlie.«

»Frohe Weihnachten, Lenny«, sagte er.

Auf der Zufahrtsstraße in Richtung Highway – er hörte nebenbei auf Kurzwelle dem Polizeireporter zu, der von einer Geschäftsfeier erzählte, die zu einer alkoholbedingten Schlägerei ausgeartet war und nur durch mehrere Festnahmen geschlichtet werden konnte – verspürte er plötzlich das Bedürfnis, einem weiteren Außenposten seines Imperiums einen Abschiedsbesuch abstatten zu müssen. Er trat mit aller Wucht auf die Bremse, geriet erneut ins Schleudern und drehte sich um die eigene Achse, allerdings wesentlich schneller als im Lincoln, sodass er für einen Moment das Gefühl hatte, er würde abheben. Und noch während ihm bewusst wurde, dass er völlig die Kontrolle über den Wagen verloren hatte, stellte er fest, dass er die relevanten Unterschiede zwischen dem Mercedes und seinem vertrauten Lincoln analysierte. Ein niedrigerer Schwerpunkt, dachte er ruhig, während die Vororte der Stadt um ihn herumkreiselten, deswegen ist er ausgebrochen. Es folgten ein harter Stoß und ein dumpfer, lauter Knall, als der Wagen von der Straße abkam und im Graben landete. Der Motor war abgestorben, die Scheinwerfer leuchteten in die Leere, und das Radio erzählte noch von der außer Rand und Band geratenen Weihnachtsfeier.

Eine halbe Minute saß er nur zitternd und schweigend hinter dem Steuer. Dann stellte er die Zündung aus und wieder an. Der Motor sprang beim ersten Versuch sofort an. Er stellte den Schalthebel auf rückwärts, dann auf vorwärts, wieder auf rückwärts und noch einmal auf vorwärts, und nach weniger als einer Minute des Vor- und Zurückschaukelns war er aus dem Graben und fuhr nach Westen. Kein schlechter Wagen, wirklich nicht. Er musste zugeben, dass er nicht sicher war, ob sein Lincoln sofort angesprungen wäre und ihn so unverzüglich aus dem Graben befördert hätte. Wenn das alles vorbei war, musste er sich auch einen Wagen wie diesen anschaffen.

Nach einem Kilometer erblickte er die hellgelb beleuchtete und halb im Schnee versunkene Neon-Werbetafel, die neben dem Trailer stand:

FRE NDLICHSTE MASAGE IN DER STADT
KOSTENGÜNSTIGE RABATE NEUE MASÖSEN

Auf dem Betongebäude erhob sich eine rissige Plastiktafel mit der grob gezeichneten Silhouette einer nackten Frau und den Worten »MIDAS MASSAGE«. Drei Wagen standen vor dem Eingang, alle waren von einer etwa dreißig Zentimeter hohen Schneeschicht bedeckt. Reifen- und Fußspuren zeugten davon, dass neben ihnen vor nicht allzu langer Zeit zwei weitere Fahrzeuge geparkt hatten.

Er hielt neben einem völlig verrosteten grünen Dart an, drehte die Zündung mitten in »Have Yourself a Merry Little Christmas« ab und stieg aus, um den Schaden zu begutachten, den seine Landung im Graben verursacht hatte. Die Frontpartie war noch stärker verkratzt, aber soweit er sehen konnte, tropfte es unten nirgends heraus. Er würde einen Blick auf den Schnee unter dem Wagen werfen müssen, bevor er wieder losfuhr.

Hinter der Eingangstheke saß eine Frau um die dreißig mit kurzem blonden Stachelhaar und einem unerschütterlichen Vertrauen in die korrigierende Kraft der Kosmetik. Sie las eine dicke Liebesschmonzette. Als die Tür aufging, setzte sie ein verführerisches Lächeln auf, das augenblicklich verschwand, als sie Charlie erkannte.

»Ach, du bist's. Im ersten Moment dachte ich, ich müsste mich wieder an die Arbeit machen.«

»Frohe Weihnachten, Ivy.« Sie hatte sich bereits wieder in ihr Buch vertieft. »Nicht viel los?«

»Natürlich ist nicht viel los, es ist Heiligabend, draußen wütet ein Schneesturm, und die meisten Leute haben Besseres zu tun, als hier rauszufahren, um sich für zwanzig Dollar einen blasen zu lassen.«

»Waren überhaupt Kunden da?«

»Ein paar. Meistens Typen, die vorher mit ihrer Frau und den Kindern in der Kirche waren und irgendwelches dreckiges Zeug labern wollten. Warum wollen das die Typen so?«

»Weiß nicht.«

»Wir hatten heute Nacht zwei von denen, von insgesamt vier. Madelyn war mit so einem Typen drin, ich dachte schon, er tut ihr was an. Rief die ganze Zeit ›Du dreckige beschissene Hure!‹ so laut, dass ich es sogar hier draußen an der Rezeption hörte. Ich hab dann durch den Spiegel nachgesehen, da stand er in seinem Dreiteiler, hatte die Hose unten und seinen Schwanz in ihrem Mund und riss an ihren Ohren, als wollte er sie umbringen. Ich wäre fast rein, aber sie hat gewusst, dass ich da war, und signalisiert, dass alles in Ordnung ist. Nachher hat er ihr fünfzig Dollar Trinkgeld gegeben. Das hat er hier gelassen, als er ging.«

Sie reichte ihm eine billige Broschüre mit dem Titel *Verstößt Tanzen gegen den christlichen Glauben?* Unterhalb des hellroten, kursiv gesetzten Titels war ein grob gezeichnetes Pärchen abgebildet, ein Junge mit Kurzhaarfrisur und ein Mädchen in Ringelsöckchen, die sich mit satanischer Ausgelassenheit einem Jitterbug hingaben.

»Ich hoffe, du hast ihm versichert, dass Tanzen hier strikt verboten ist. Ist Madelyn schon gegangen?«

»Ihre Schicht endet erst um zwei.«

»Gib ihr noch mal fünfzig aus der Portokasse. Weihnachtsgeld. Und für dich das Gleiche.«

Sie kniff ihr rechtes Auge zu. »Du bist betrunken. Ich hab gehört, was heute im Tease-o-Rama passiert ist.«

»Was hast du gehört?«

»Du hast Cupcake und Francie die Bühnenmiete

erlassen, und nachdem du weg warst, hat Dennis sie gezwungen, sie wieder zurückzugeben.«

»Er hat was?«

»Ich hab mit Cupcake gesprochen. Sie hat mir erzählt, Dennis meinte, du seist betrunken und Bill Gerard sollte lieber nicht wissen, dass du Drinks ausgibst und den Stripperinnen Bühnenmieten erlässt. Es müssten nur Deacon oder Vic reinkommen und davon erfahren, und dann wäre für alle Weihnachten so ziemlich gelaufen.«

»Dieser gottverdammte Dennis. Wenn ich etwas tue, dann interessiert mich seine Meinung nicht, ich erwarte lediglich, dass er sich daran hält. Scheiße.«

»Reg dich ab, Charlie. Es ist eine nette Geste, aber ich kann's nicht annehmen.«

»Ich schreib dir eine Quittung und unterzeichne sie. Es geht dann auf meine Kappe.«

»Ja, ja.« Sie war bereits wieder in der Welt ihres Taschenbuchs versunken; genausogut hätte er sich allein im Raum aufhalten können.

»Gut, dann ...« Er zog seine Brieftasche heraus und blätterte einen Fünfziger hin. »Fröhliche Weihnachten. Hier ist noch einer für Madelyn.« Er legte den zweiten Schein auf die Theke.

Sie betrachtete die Scheine erst, dann nahm sie sie an sich. »Danke, Charlie.«

»Wer ist noch da?«

»Na ja, Lynette, die ist schon nach Hause gegangen, und Tina hat heute Abend nicht gearbeitet …«

Charlie zog zwei weitere Scheine aus der Brieftasche.

»Und Cupcake kommt meistens einmal in der Woche.«

Er gab ihr einen weiteren.

»Das ist viel Geld, Charlie.«

»Waren das alle?«

»Ich glaube schon.«

»Gut, ich hab nämlich keinen mehr.«

»Du bist dir sicher, dass du das machen möchtest, Charlie?«

»Ja. Ich hab genug Geld, mach dir darüber keine Sorgen.«

»Soll ich dir einen blasen, Charlie?«

Er schob die Brieftasche in seine Gesäßtasche. »Ich mach das nicht, weil ich will, dass du mir einen bläst.«

»Das weiß ich. Ich meinte, eher so als Weihnachtsgeschenk.«

»Danke, aber ich muss los. Noch 'n schönes Weihnachtsfest.«

»O ja, das hab ich schon. Und danke für die Zulage.«

Draußen lag noch mehr Schnee auf dem Mercedes, aber keine Flüssigkeit unter dem Wagen. Wirklich ein guter Wagen. Hätte er die Zeit gehabt, wäre er ins Tease-o-Rama zurück und hätte Dennis wegen der Bühnenmiete den Marsch geblasen. Er wollte aber lieber auf einen kurzen Schluck ins Midtown Tap, bevor er zu Vic fuhr, und dann wäre er nicht mehr in der Stadt. Vielleicht konnte er Dennis vom Tap aus anrufen.

Im Midtown Tap war es dunkel und warm, die weihnachtliche Lichterkette, die den Raum durchzog, war eingeschaltet, und Andy Williams sang über die Lautsprecheranlage »The Little Drummer Boy«. Der Barkeeper begrüßte Charlie mit einem kurzen Winken, während er am anderen Ende der Theke einem älteren Pärchen die Drinks servierte. Es waren etwa zwanzig Gäste im Raum, die alle nicht besonders fröhlich aussahen.

»Am liebsten würde ich diesen kleinen Trommler mit eigenen Händen erwürgen«, sagte der Barkeeper, als er es endlich bis zu Charlie geschafft hatte. »Ich dreh ihm den Hals um.«

»Es gehört nicht zu deinen Lieblingsweihnachtsliedern?«

»Keines von denen. Wäre ja gar nicht so schlimm, wenn Tommy nicht darauf bestehen würde, dass wir diese gottverdammte Kassette Tag und Nacht laufen lassen. Ich wette, ich hör die zwanzig Lieder jedes Jahr zwischen Thanksgiving und Weihnachten gut zwei- bis dreihundert Mal.«

»Das trübt die weihnachtliche Freude, nehme ich an.«

»Aber kein Lied ist so schlimm wie ›The Little Drummer Boy‹.«

Charlie nickte zustimmend und fuhr dann zusammen, als ihm jemand unerwartet auf den Rücken klopfte. Hinter ihm stand Tommy; er trug einen dunkelbraunen Overall und einen breitkrempigen Filzhut, hatte die Hände an den Hüften und starrte ihn an, als gäbe seine Anwesenheit Anlass zu tief greifender Verwunderung.

»Wie geht's, Charlie? Beschwert sich Lester schon wieder über die Musik?«

»Natürlich. Die vertreibt die Leute.«

»Ja, ja, und bis Thanksgiving hast du das Gleiche über Peter Frampton gesagt. Vertreibt die Leute, dass ich nicht lache!«

»Das tut es. Die hören das doch den ganzen Tag im Radio, im Supermarkt, in der Mall. Und wenn sie in die Kneipe kommen, wollen sie diesen Scheiß einfach nicht mehr hören. Vor allem den ›Kleinen Scheiß-Trommler‹.«

»Pass auf, was du sagst, Les, du sprichst verdammt noch mal von der Bibel.«

Les seufzte. »Vom ›Kleinen Trommler‹ steht nichts in der Bibel, Tommy.«

»Was weißt du beschissener Atheist schon über die Bibel?«

»Ich weiß, dass ›Der kleine Trommler‹ ein Comic ist, der jedes Jahr zu Weihnachten im Fernsehen läuft und von dem nichts in der Bibel steht.«

»Halt deinen Mund, bring Charlie seinen Drink und lass uns in Ruhe. Wir haben was miteinander zu bereden.«

Lester zuckte die Schultern, machte Charlie einen C. C. Waterback und verzog sich dann schmollend ans andere Ende der Theke.

»Hast du den Umschlag bekommen?«, fragte Charlie.

»Ja, glücklicherweise. Was ist los mit dir, warum hast du ihn bei Susie abgegeben?«

»Sie hat ihn dir gegeben, oder?«

»Klar, und dann ging sie mir fünfundvierzig Minuten lang auf die Nerven und wollte unbedingt wissen, was es war. Himmel, die Frau kann einem auf den Geist gehen. Sie sagt, du hast mit ihr gevögelt. Stimmt das?« Seine Nasenflügel zitterten leicht beim Gedanken daran.

»Muss fast zehn Jahre her sein. Wirklich, du hättest sie damals sehen sollen.«

»War sie damals intelligenter als heute?«

»Na ja, ich denke, einige Gehirnzellen dürften damals noch aktiver gewesen sein.«

»Also, warum zum Teufel gibst du mir das so früh? Die nächste Lieferung kommt doch erst am Dreißigsten, oder?«

»Ich war mir nicht sicher, ob wir uns bis dahin noch sehen werden.«

»Ich hasse es, wenn die Leute zu improvisieren beginnen, Charlie. Da werde ich immer ganz nervös, weil ich denke, es könnte sich alles ändern. Du und Vic, ihr steht doch noch hinter mir, oder? Und Gerard tappt im Dunkeln?«

»Natürlich«, antwortete Charlie. Noch, zumindest.

»Na hoffentlich. Also, wie war dein Weihnachten? Hast du deine Kinder gesehen und den ganzen Scheiß durchgezogen?«

»Ja, war heute Abend bei ihnen.«

»Schön für dich, schön für dich ...« Er ließ seinen Blick durch den Raum schweifen. »Schau dir diese jämmerlichen Arschlöcher an, wissen nicht, wo sie hin sollen an Heiligabend. Ihr habt heute Nacht auch geöffnet?«

»Dreihundertfünfundsechzig Tage im Jahr, Tommy.«

»Jemand muss geöffnet haben. Das denke ich mir auch immer. Sollen die Angestellten sich ruhig beschweren.«

»Scheiße, da fällt mir was ein, ich muss noch einen Anruf machen ...«

Die Telefone waren neben der Herrentoilette untergebracht, darüber dröhnte aus einem Lautsprecher Jack Jones' Interpretation von »O Little Town of

Bethlehem«. Charlie signalisierte Lester, die Lautstärke zu verringern, doch dieser zuckte nur hilflos die Schultern. Anscheinend war das Thema nicht gerade neu. Er warf einen Quarter in den Schlitz und wählte.

Das Telefon im Tease-o-Rama schien zwanzig Minuten lang zu klingeln, bis Dennis schließlich den Hörer abhob. »Tease-o-Rama«, blaffte er.

»Dennis, hier ist Charlie.«

»Ich hab jetzt keine Zeit. Ich hab alle Hände voll zu tun, und das ist deine Schuld. Der Club ist voll mit wütenden Gästen, und keine ist da, die für sie strippen könnte.«

»Was soll das heißen, keine Stripperinnen?«

»Cupcake und Francie sind gegangen.«

»Warum?«

»Einfach so.«

»Scheiße, ich hab gehört, du hast ihnen die Bühnenmiete wieder abgenommen, die ich ihnen geschenkt habe.«

»Das hättest du nie machen sollen, Charlie. Jetzt sieh dir an, was hier los ist!«

»Gib nicht mir die Schuld, du warst derjenige, der die Bühnenmiete wiederhaben wollte.«

»Ich muss auflegen, Charlie, das Haus schmeißt eine Runde, nur damit du's weißt. Die Kerle sind ziemlich angearscht.«

»Mal sehen, vielleicht kann ich die Mädchen auftreiben und sie überreden, wieder zur Arbeit zu erscheinen.«

»Wozu, verdammt noch mal? Wir schließen in zwanzig Minuten. Für das, was ihr mir zahlt, muss ich mich nicht am Heiligabend mit diesem Scheißdreck herumschlagen.«

Charlie sah zur großen, schwarzen Uhr, deren phosphoreszierende violettrote Anzeige mit der bunten Lichterkette im Wettstreit lag, die um sie gewickelt war. Es war zwanzig vor zwei. Er legte auf. Es war sowieso an der Zeit, sich zu Vic auf den Weg zu machen.

11

Vic wohnte in einem neuen einstöckigen Haus, das Bill Gerard gehörte. Es lag in einem bewaldeten Vorort, am Ende einer Sackgasse, nur einige Blocks von dem Haus entfernt, in dem Sarabeth und die Kinder lebten. Die meisten Häuser in der Nachbarschaft besaßen opulente Weihnachtsdekorationen, und in der Weihnachtszeit waren die Straßen am frühen Abend meist mit voll besetzten Autos verstopft, die langsam durch die Gegend fuhren, damit sich die Insassen die beleuchteten Plastikkrippen, die zwei Meter hohen Zuckerstangen aus Pappmaché und die Schaukästen mit weihnachtlichen Märchenszenen ansehen konnten. Vic, der aufgrund seiner Tätigkeit in der Nachbarschaft so berüchtigt wie unbeliebt war, hatte sich mit einem Kranz aus Kiefernzweigen zufrieden gegeben, der an der Eingangstür hing und mit einer roten Samtschleife verziert war. Charlie klopfte an die Glastür und wartete, klopfte dann lauter, gab es schließlich auf und drückte die Klingel. Es war sieben nach zwei, und im Haus war es dunkel.

Er ging um das Haus herum, an der Garage vorbei, bemerkte einige Reifenspuren, die sich zum Teil bereits wieder mit frischem Schnee gefüllt hatten. Auf der hinteren Veranda blickte er durch die Glasscheibe in die Küche. Nichts deutete darauf hin, dass sich jemand im Haus aufhielt. Er klopfte und wartete. Hatte Vic ihn ausgebootet? Charlie hatte beide Flugtickets, aber mit dem Baren, das Vic bei sich hatte, war der Verlust eines Tickets sicherlich zu verschmerzen. Er fasste an den Türknauf. Die Tür war nicht abgeschlossen.

»Vic?«

Es kam keine Antwort. Das Haus war ähnlich leer wie Charlies Apartment. Er schaltete im Wohnzimmer das Licht an. Alles schien noch an seinem Platz zu sein. Er ging zur Bar und schenkte sich einen Doppelten von Vics gutem Scotch ein, der offen auf dem Tresen stand, neben einer Eiskaraffe mit lauwarmem Wasser. Er begann durch das Haus zu wandern, ging von Zimmer zu Zimmer und schaltete die Lichter an. Er inspizierte das Erdgeschoss und konnte nichts Ungewöhnliches entdecken; das Gleiche im Wäscheraum, in der Küche und im Bad. Oben im Schlafzimmer auf dem Bett lag, wie er erleichtert feststellte, Vics Koffer, offen, aber gepackt. »Vic?«, rief er.

Wieder im Erdgeschoss öffnete er die Tür zur Garage. Vics Wagen war fort; wahrscheinlich hatte er etwas vergessen, wollte es holen und hatte es nicht mehr bis zwei Uhr in die Wohnung geschafft. Vic würde nicht im Traum daran denken, einen Zettel zu hinterlassen. Er ging ins Wohnzimmer zurück und schaltete den Fernseher an. Um diese Zeit liefen nur noch ein alter Piratenfilm und ein Prediger, der kurz vor Sendeschluss noch einige erbauliche Worte zum Besten gab. Er sah einige Minuten den Piraten zu, stand dann auf und schaltete die Kiste ab, als er bemerkte, dass er kurz davor war einzuschlafen. Er konnte es sich nicht leisten wegzukippen, nicht wenn noch zweieinhalb Stunden Fahrt vor ihm lagen. Der Gedanke daran warf die Frage auf, wie viel Benzin noch im Mercedes war.

Der Tank war nicht einmal mehr zu einem Viertel voll. Er konnte ja schon mal auftanken, solange er auf Vic wartete. Er fuhr zur Hauptstraße, die nach Süden zum Highway führte; dort fand er einen Stop 'n' Rob, vor dem einige Zapfsäulen standen. Nach etwa einer Minute Herumprobieren schaffte er es, den Tankdeckel zu lösen, steckte den Tankstutzen hinein und drückte den Griff; nichts geschah. Er beugte sich durch das Fenster, drückte auf die Hupe, und über die Gegensprechanlage kam die Stimme des Tankwarts.

»Erst zahlen, bevor Sie zapfen«, blaffte er kaum vernehmbar und überdeckt durch das starke Rauschen der Sprechanlage.

Charlie ging rein und gab ihm zehn Dollar. Er war etwa sechzig Jahre alt und hatte vom Nikotin vergilbtes Haar. Er wirkte alles andere als glücklich, an Heiligabend arbeiten zu müssen. Keiner von beiden sagte etwas.

Charlie zapfte für acht Dollar und sechzig Cent Benzin und ging wieder hinein. Der Tankwart schob ihm wortlos das Wechselgeld hin. Als sich Charlie umdrehte und bereits wieder gehen wollte, fiel sein Blick auf das Regal mit den Süßigkeiten. Es war eins-fünfzig hoch, mindestens zwei Meter breit und vollgestopft mit einer fantastischen Auswahl bunter Süßigkeiten. Er erinnerte sich an Spencer und Melissa.

Neben dem Regal stand ein Drehständer, an dem Zellophantüten mit billigem Plastikspielzeug *Made in Taiwan* hingen. Er drehte den Ständer, betrachtete die Tüten und suchte nach Dingen, die seinen Kindern vielleicht gefallen könnten: missgestaltete Plastikdinosaurier und Soldaten, eine Baby-Puppe, ein Springseil mit hellblauen Handgriffen. Er nahm die Puppe und das Seil und sah wieder zu den Süßigkeiten. Welche Kaugummi-Bildchen hatte Spencer immer gesammelt?

»Haben Sie noch diese Wacky Packs?«

Der Tankwart blickte auf. »Unterste Reihe, ganz links.«

Dort waren sie. Er griff in den Karton, zog eines

der noch nicht geöffneten Päckchen aus der hinteren Regalreihe und legte es mit den Spielsachen auf die Theke.

Der Tankwart tippte es in seine Kasse und ließ dabei seinen Blick zum Mercedes schweifen. »Macht zusammen achtzehn Dollar fünfundfünfzig.«

Charlie gab ihm einen Zwanziger. Als der andere ihm das Wechselgeld reichte, glaubte er ihn murmeln zu hören: »Übertreiben Sie's nicht.«

»Wie bitte?«

»Nichts. Ich hoffe, Ihre Kinder haben mit dem Kaugummi und den Scheiß-Plastikspielsachen ein schönes Weihnachten.«

»Die sind nicht für meine Kinder, sondern für die Kinder meiner Schwester.«

»Klar.«

Der Mann sah weg; er hatte kein Interesse daran, die Sache noch weiter zu verfolgen. Charlie trat hinaus.

Auf dem Weg zu Sarabeths Haus ging er im Kopf alle legitimen Gründe durch, warum Vic die Verabredung verpasst haben konnte. Es war keineswegs so, dass es nicht zu Vics Angewohnheiten gehörte, immer zu spät zu kommen. Vielleicht stimmte etwas mit seinem Wagen nicht. Was dann? Sie konnten Betsys Mercedes nehmen und ihn am Flughafen abstellen. Aber dann musste Pete van Heuten zweihundertfünfzig Kilometer weit fahren, um ihn wieder abzuholen, und würde sich bei jedem, der bereit war, ihm zuzuhören, so laut darüber beschweren, dass es Gerard unweigerlich zu Ohren kommen würde. Der Lincoln wäre sicherer, aber er war auf die Firma zugelassen, und Gerard würde auf jeden Fall davon erfahren, wenn der Wagen am Flughafen abgeschleppt wurde. Es musste nicht unbedingt auf ihre Spur führen, wenn er in einigen Monaten vielleicht wusste, von welchem Flughafen sie abgeflogen waren. Dennoch war es nicht nötig, ihm überhaupt einen Hinweis zu hinterlassen. Außerdem stank der Lincoln nach Kotze, und es war zu kalt, um ohne Heizung zu fahren.

Er fuhr vor Sarabeths Haus, einem großen Gebäude im Ranchhaus-Stil mit einer kreisrunden Anfahrt, an den Randstein heran. Eine Kette winziger weißer Lichter umgab die Dachrinnen, einfach und geschmackvoll, genau wie bei ihrer Mutter. Er verspürte den Wunsch, ins Haus zu gehen, alle aufzuwecken und ihr und den Kindern zu erklären, dass sie ihn nie wiedersehen würden. Allerdings war er sich darüber im Klaren, dass seine Abreise keinerlei Auswirkungen auf ihr Leben haben würde. Von Melissa einmal abgesehen, würde die gesamte Familie seine permanente Abwesenheit nur willkommen heißen; sie wäre lediglich das unausweichliche Endergebnis seiner zeitweiligen

Abwesenheit, mit denen er all die Jahre über geglänzt hatte.

Ich sitze um 2 Uhr 30 am Weihnachtsmorgen in einem Auto vor dem Haus meiner Exfrau und bemitleide mich selbst, dachte er. Beweist vielleicht nur, dass ich zu viel intus habe. Er stieg bei laufendem Motor aus, schritt leise über die Einfahrt und ließ den Kaugummi, das Springseil und die Puppe auf dem verschneiten Fußabtreter zurück. Ich hätte noch eine Weihnachtskarte kaufen sollen, dachte er. Auf dem Weg zum Wagen merkte er, dass er pinkeln musste, stellte sich an einen Busch an der Hauswand, ließ es laufen und sah dem Dampf zu, der von dem geschmolzenen Schnee aufstieg. Nachdem er ein großes Stück des Strauchs freigelegt hatte, zog er den Reißverschluss zu und ging zum Wagen zurück. Langsam fuhr er vom Randstein weg, zurück zu Vic.

Als er sich dem Ende der Sackgasse näherte, bemerkte er, dass er alle Lichter im Haus hatte brennen lassen. Er trat durch den Vordereingang und begann, in den einzelnen Zimmern – in mehr oder weniger der gleichen Reihenfolge, in der er sie angeschaltet hatte –, die Lampen wieder auszuschalten. Wo zum Teufel steckte Vic? Nur um sich zu vergewissern, sah er noch einmal in der Garage nach. Der Wagen war noch immer verschwunden.

Etwa eine Minute lang stand er in der Kälte und versuchte herauszufinden, was der nächste logische Schritt sein könnte. Dabei lehnte er sich gegen Vics Werkbank und stützte sich mit den Handflächen auf; die Werkbank gab nach, rutschte nach hinten weg, er ging auf die Knie. Als er sich wieder hochrappelte, bemerkte er auf dem kalten Betonboden, unter einem der Beine der Werkbank, eine Lache noch nicht geronnenen Bluts. Er atmete hörbar ein und spürte, wie sich die Haut in seinem Gesicht spannte. Er trat zurück, sah sich um und versuchte ohne Erfolg, sich einen arglosen Grund auszudenken, warum in Vics Garage eine frische Blutlache zu finden sein sollte. Ihn schwindelte; er stützte sich mit den Händen auf der Werkbank auf und sah erneut zu Boden.

Dann fiel sein Blick auf den Schraubstock, der direkt über der dunkelroten Blutlache zu finden war; auch er war blutverschmiert. Zwischen den Zwingen steckte ein etwa ein Zentimeter großer Haut- und Fleischlappen: die mehr oder weniger parallelen Falten des mittleren Gelenks eines menschlichen Fingers.

Charlie fuhr herum, warf beide Hände gegen die Wand und übergab sich. Er wischte sich mit dem Ärmel seines Mantels den Mund ab und hastete aus der Garage, durch die Küche und das Wohnzimmer zur Eingangstür, die er einfach offen ließ, und stürzte zu seinem Mercedes. Er stieg ein, ließ den Motor an und fuhr nach Luft ringend zum Ende der Straße. Dort blieb er stehen und wartete zwei Minuten, dann drei, schließlich fünf, unfähig zu entscheiden, ob er links oder rechts abbiegen sollte.

Es war 2 Uhr 45 morgens, und die Bars hatten alle geschlossen. Er wusste nicht, wohin er sollte.

Zweiter Teil

12

Er verließ die Stadt in nördlicher Richtung. Er hatte kein bestimmtes Ziel vor Augen und versuchte vergeblich, sich eine Erklärung für Vics Abwesenheit zurechtzulegen, die keine Katastrophe beinhaltete. Acht Kilometer hinter der Stadtgrenze fuhr er, einem Impuls folgend, eine geschlossene Skelly-Station an und parkte vor einem Münzfernsprecher. Da er Renatas Privatnummer nicht kannte, versuchte er es im Sweet Cage. Nach dem zehnten Klingeln wurde der Hörer abgenommen.

»Sweet Cage.«

»Renata? Hier ist Charlie.«

»Du befindest dich in verteufelt großen Schwierigkeiten, Charlie, weißt du das? Roy Gelles war hier, kurz nachdem du gegangen bist. Er hat nach dir gefragt.«

»Oh.«

Sie schnaubte verächtlich. »›Oh?‹«

»Kann ich vorbeikommen?«

Sie schwieg einen Moment lang. »Park deinen Wagen um die Ecke.«

»Ich bin nicht mit meinem eigenen Wagen unterwegs.«

»Es interessiert mich einen Scheißdreck, mit welchem Wagen du unterwegs bist. Wir haben geschlossen, und ich will nicht, dass Autos auf dem Parkplatz stehen. Wo steckst du jetzt?«

»Draußen im County. Ich bin in zwanzig Minuten da.« Wieder spürte er, wie es in seinen Lenden kribbelte. »Du hast nicht zufällig heute Nacht von Vic gehört?«

»Nein. Nach ihm hat Roy auch gefragt.«

»Hat wahrscheinlich nichts zu bedeuten.«

»Wenn Roy an Heiligabend in die Stadt kommt, hat es was zu bedeuten.«

»Wahrscheinlich.«

Er stieg ein und fuhr auf der Landstraße in die Stadt zurück. Deacon musste nachmittags auf der Bank noch eine Einzahlung vorgenommen und dabei festgestellt haben, dass das Konto abgeräumt war, und dann hatte er wahrscheinlich Bill Gerard verständigt. Roy Gelles dürfte mit dem Auto zweieinhalb bis drei Stunden gebraucht haben, wahrscheinlich hielt er sich also bereits seit einigen Stunden in der Stadt auf, und er wusste so gut wie jeder hier, wo er Charlie oder Vic aufspüren konnte. Vielleicht hatte er Vic bereits aufgespürt. Wenn Charlie ihm bislang noch nicht über den Weg gelaufen war, dann aus reinem Zufall.

Westlich des Stadtzentrums folgte er dem Flusslauf. Der Himmel war wieder hellorange, der Schnee kam in großen, langsam torkelnden Flocken. Er stellte sich vor, mit Spencer und Melissa an den Uferabhängen Schlittenfahren zu gehen, so wie es sein Vater mit ihm und seinen Brüdern und Schwestern getan hatte. Wenn er nicht die Stadt verließe, redete er sich ein, dann würde er das machen – auch wenn es schon mehr als ein Jahr her war, dass er mit den Kindern etwas im Freien unternommen hatte. Er wünschte sich, er könnte seinen Bruder Dale anrufen und sich von ihm verabschieden. Dale besaß eine kleine Farm bei Shattuck; auch mit ihm hatte er seit einem Jahr nicht mehr geredet. Neben den gelegentlichen Gesprächen mit Dale stellte der alljährliche Brief zu Weihnachten, den ihm seine älteste Schwester schrieb, den einzigen regelmäßigen Kontakt zur übrigen Familie dar. Erst jetzt wurde ihm bewusst, dass er dieses Jahr keinen bekommen hatte. Hatte er letztes Jahr einen gekriegt? Auch das wusste er nicht mehr.

Im Rückspiegel bemerkte er einige hundert Meter hinter sich eine Limousine, die ihn zu verfolgen schien. Er zuckte zusammen und versuchte sich zu erinnern, welchen Wagen Roy fuhr. Er war so auf den Wagen im Rückspiegel fixiert, dass er geradewegs die leere Gegenfahrbahn ansteuerte – in diesem Moment gingen die roten und blauen Blinklichter auf dem Dach des ihm folgenden Wagens an. Er geriet in Panik, trat auf die Bremse und schlitterte quer über die Gegenfahrbahn, bis er am Randstein zum Stehen kam. Der Polizeiwagen beschleunigte und hielt mit einem kurzen Aufheulen der Sirene hinter ihm.

Er holte seinen Führerschein heraus und suchte nach den Minzpastillen, die er im Handschuhfach gesehen hatte, schüttelte sich einige der kleinen weißen Pastillen aus dem transparenten Plastikspender direkt in den Mund und zerkaute sie so schnell wie möglich. Der Bulle, der auf ihn zukam, trat vom Randstein auf den verschneiten Seitenstreifen. Charlie verschlang die letzten Pastillenreste, kurbelte die Seitenscheibe runter und hielt ihm den Führerschein hin.

»Mir ist bewusst, dass ich auf der falschen Straßenseite stehe, Officer. Ich bin ins Schleudern geraten.«

»Ich muss auch die Zulassung sehen.«

»Gut, aber das ist nicht mein Wagen, er gehört meiner Schwägerin.«

»Haben Sie heute Abend getrunken, Sir?«

»Nur einige Gläser Wein im Haus meines Schwagers … einen Moment, sie muss hier irgendwo sein.« Er wühlte blind in Betsys Handschuhfach. Eine Kleenex-Schachtel, ein Schlüsselbund, das Zeugnis eines der Kinder, aber anscheinend keine Zulassung. Ohne sie wäre er aufgeschmissen.

Der Bulle allerdings reichte ihm den Führerschein bereits wieder zurück. »Ich wusste nicht, dass Sie es sind, Mister Arglist. Fahren Sie vorsichtig. Unter dem Schnee ist das pure Eis.« Er war höflich, aber reserviert. Charlie kannte ihn nicht, aber offensichtlich gehörte er zu ihnen – was nicht schlecht war, denn er sah aus, als hätte es ihm großen Spaß gemacht, ihn in die Ausnüchterungszelle zu stecken.

»Danke. Vielleicht sollte ich doch lieber nach Hause fahren.«

»Das ist eine hervorragende Idee.« Es klang eher wie ein Befehl als eine Bestätigung dafür, wie hervorragend Charlies Gedanke sei.

»Frohe Weihnachten«, sagte Charlie noch, während er das Fenster wieder hochkurbelte. Der Bulle schlenderte wortlos zu seinem Wagen zurück.

Er parkte um die Ecke des Sweet Cage in einem Wohnviertel und ging zu Fuß zum Parkplatz des Clubs. Es war so ruhig, dass er die kahlen Zweige im leichten Wind knistern hörte. Die Neonlichter waren dunkel, dennoch wirkte der Parkplatz im blassen Schein des fahlen Himmels, der vom Schnee reflektiert wurde, heller als zuvor. Dunkelrote Blutspritzer waren noch zu erkennen, dort, wo Sidney Strokes Musikerkarriere ein Ende gesetzt hatte. Nicht ein einziger Wagen stand auf dem Parkplatz. Er ging zum Eingang; die Tür war verschlossen. Er klopfte und wartete. Nach einer Minute klopfte er erneut, diesmal lauter. Er ging zum Seiteneingang, der näher an Renatas Büro lag, und klopfte wieder.

»Renata?« Es kam keine Antwort.

Er ging zu einer Telefonzelle an der Straßenecke und wählte die Nummer. Nach dem zwanzigsten Klingeln legte er auf.

Die Landstraße zum Tease-o-Rama war glatter als zuvor. Ein heftiger Wind hatte eingesetzt, der den Schnee vom Boden aufwirbelte und über die Fahrbahn trieb. Charlie war sich nicht mehr so sicher, ob er den fremden Wagen auf der Straße halten konnte, aber er war bereits so nah am Tease-o-Rama, dass er zur Not auch zu Fuß hinlaufen konnte, falls er die Karre in den Graben setzte.

Er wusste nicht genau, wo er sich befand, bis er das teilweise verdunkelte Neon-Go-Go-Girl erblickte, das sich gegen den Himmel abzeichnete. Die Tatsache, dass die Reklame zu dieser Zeit noch an war, beunruhigte ihn weniger als die drei Sheriff-Wagen, die auf dem Parkplatz standen. Sein erster Impuls war, auf der Stelle umzudrehen und so schnell wie möglich abzuhauen. Er ging bereits vom Gas, als ihm einfiel, dass die Anwesenheit des Sheriffs vielleicht etwas mit dem spurlosen Verschwinden von Vic zu tun hatte.

Er parkte den Mercedes am anderen Ende des Parkplatzes und ging zur Windschutzwand aus Backsteinen hinüber, wo ihn ein junger Officer mit verspiegelter Sonnenbrille unwirsch empfing.

»Der Club ist diese Nacht geschlossen. Fahren Sie lieber wieder nach Hause, Sir.«

»Ich vertrete den Eigentümer.« Die unverhohlene Verachtung, die das Gesicht des Officers zum Ausdruck brachte, verstärkte sich noch eine Spur. Charlie unterdrückte das starke Bedürfnis, einen Kommentar über Leute abzugeben, die meinten, nachts Sonnenbrillen tragen zu müssen.

»Sind Sie Cavanaugh?«

»Charles Arglist. Ich arbeite für Cavanaugh.«

»Hm-hm. Gut, gehen Sie rein und reden Sie mit meinem Vorgesetzten, es gab da heute Morgen einige Schwierigkeiten.«

Der Officer winkte ihn durch. Charlie ging um die Wand herum und riss die Tür auf.

Dennis blickte ihn finster an, als er hinter sich die Tür schloss. »Ich kündige.« Sein rechtes Auge war geschwollen, er hielt sich einen blutigen Putzlumpen gegen eine klaffende Wunde an seiner linken Wange. Der Officer, der neben ihm stand und emsig etwas auf seinem kleinen Spiralblock notierte, musterte Charlie.

»Wer ist das? Cavanaugh?«

»Charlie Arglist. Er ist Cavanaughs Laufbursche.

Das ist alles seine Schuld.« Dennis zeigte mit einer weit ausholenden Armbewegung auf den Club. Stühle lagen zerschmettert auf der Bühne, der Boden war mit Flaschen und Glasscherben übersät, drei weitere Polizisten nahmen von etwa einem halben Dutzend Gäste Zeugenaussagen auf. Einige von ihnen sahen wesentlich schlimmer aus als Dennis.

»Dennis, hast du heute Nacht zufällig Vic gesehen?«

»Wen interessiert das? Sieh dir nur den Club an!«

»Hast du ihn gesehen?«

»Nein.«

»Schluss jetzt. Wir sind hier noch nicht fertig.« Der Officer wandte sich von Dennis ab und Charlie zu. »Sie, Sir, Sie kommen in einer Minute dran.«

»Wozu?«

»Ihre Aussage. Und jetzt setzen Sie sich und halten Sie den Mund.«

Charlie sah sich um; es gab nichts, worauf er sich hätte setzen können. »Ich hab dazu nichts zu sagen. Ich war nicht hier.«

»Sir, wissen Sie, was es bedeutet, sich zu setzen und den Mund zu halten? Falls ja, dann tun Sie das jetzt. Ansonsten werde ich Sie wie die Gentlemen dort drüben in Arrest nehmen.«

Er deutete mit seinem Notizblock auf die unglückliche Gruppe, die an der gegenüberliegenden

Wand lehnte. Drei von ihnen waren in Handschellen, einer weinte reumütig, während ein Officer geduldig seine Aussage aufnahm.

Der Bulle richtete seine Aufmerksamkeit erneut auf Dennis. »Also, die ersten Flaschen flogen. Was haben Sie dann getan?«

Dennis sah von einer Wand zur anderen. »Äh, da hab ich das Gewehr abgefeuert.« Er zeigte zur Decke, wo eine der Schalldämmplatten völlig fehlte, daneben baumelten nur noch die jämmerlich zerfetzten Überreste zweier weiterer.

»Das beruhigt die Gemüter meistens sehr schnell«, sagte der Officer.

»Diesmal nicht.«

Etwa die Hälfte der Flaschen und ein Großteil der Gläser hinter der Theke waren zerstört. Auf der Theke selbst befand sich eine nicht unbeträchtliche Lache klebrigen Blutes.

Charlie betrachtete die Polizisten; es war keiner dabei, den er kannte. Er glaubte nicht, dass sie ihn ohne weiteres gehen ließen. Aber Vic war nicht hier, und er musste ihn finden. Es hätte keinen Sinn, ihnen erklären zu wollen, dass das alles nicht mehr sein Problem war.

»Kann ich draußen warten?«, fragte er.

Der Officer blickte von seinem Notizblock auf, dachte darüber nach und nickte dann. Charlie schritt durch die Tür, an der Wand und dem jungen

Officer vorbei. »Sie brauchen mich nicht«, meinte er im Vorübergehen. Die Oberlippe des Bullen zuckte kurz, aber er sagte nichts.

Am Steuer eines der Polizeiwagen saß ein sechster Officer, der soeben ein Formular ausfüllte, und hinter ihm, auf dem Rücksitz, erblickte Charlie ein übel zugerichtetes, mit geronnenem Blut bedecktes Gesicht, das sich plötzlich gegen die Scheibe presste und ihn anstarrte. Es war Culligan. Er schien einen Schneidezahn eingebüßt zu haben. Der Officer schnaubte einen unverständlichen Befehl nach hinten. Culligan ließ sich gehorsam wieder in den Sitz fallen. Charlie setzte sich in Betsy van Heutens Mercedes und fuhr davon.

Er schaltete das Radio an, um zu erfahren, ob die Schlägerei erwähnt wurde. Der Polizeireporter aber war schon lange nicht mehr auf Sendung, und als die Nachrichten endlich kamen, bestanden sie aus überregionalen Meldungen, die von einem Diskjockey mit monotoner Stimme abgelesen wurden. Als er die Stadtgrenze erreichte, schaltete er auf einen Musiksender um, auf dem ein Diskjockey, der sich anhörte, als hätte er bereits einiges intus, etwas über die Bedeutung des Feiertags faselte. Die ganze verfluchte Sache war nur Dennis' Schuld. Er hätte den Stripperinnen niemals die Bühnenmiete abknöpfen dürfen.

Er war nicht weit von Doras Wohnung entfernt, drehte mitten auf der Straße um und steuerte sie an. Sie lebte mit einer Wohnungsgenossin im östlichen Teil einer Doppelhaushälfte, etwa vier Blocks vom Krankenhaus entfernt. Er parkte vor dem Haus und stieg die Stufen zur vorderen Veranda hinauf.

Das Wohnzimmer lag im Dunkeln, im bläulichen Licht der Straßenlampe, das durch die Scheibe fiel, konnte er jedoch einen kleinen, schlampig dekorierten Weihnachtsbaum erkennen, um den einige Geschenke drapiert waren. Er drückte die Wange gegen das kalte Glas der Eingangstür, verharrte so eine Minute lang und wusste nicht, ob er klingeln sollte. Er trat zurück, lehnte sich gegen die Verandabrüstung und überlegte, was er sagen sollte, wenn sie ihm öffnete.

Vermutlich war sie nicht zu Hause. Vorsichtig schritt er die verschneiten Stufen hinab zu der kurzen Kieseinfahrt, die zur Garage führte. Auf Zehenspitzen erkannte er drinnen zwei Wagen; einer von ihnen war Doras alter gelber Käfer. Er ging zur Tür zurück, stand einige Sekunden davor, sein Finger zwei Zentimeter von der Klingel entfernt. Schließlich drückte er darauf. Es war 3 Uhr 30 am Weihnachtsmorgen, und er hatte nicht die geringste Vorstellung, was er ihr sagen sollte, wenn sie herunterkam.

Oben ging ein Licht an, und er dachte daran wegzulaufen. Er suchte in seiner Hosentasche nach einem Kamm, fand keinen, fuhr sich mit den Fingern durchs Haar und steckte die Hände schnell wieder in die Manteltaschen, als oben auf der Treppe ihre mit Hausschuhen bekleideten Füße auftauchten. Sie trug einen Morgenmantel, durchquerte das Wohnzimmer, ohne das Licht einzuschalten. Dann ging das Verandalicht an; er musste blinzeln, beschattete mit der Hand die Augen und versuchte, ihr Gesicht zu erkennen. Die Tür wurde geöffnet. Es war nicht Dora.

»Charlie?« Es war Lori, die Mitbewohnerin. Ihr Gesicht war rot und aufgedunsen.

»Entschuldigung, hab ich dich geweckt?«

»Nein, meine Schicht war erst vor einer Stunde zu Ende. Ich konnte sowieso nicht schlafen.«

Er zwang sich zu einem falschen Lächeln. »Auf den Weihnachtsmann gewartet, was?«

»Was gibt's, Charlie?« Sie lächelte nicht, aber sie trat zur Seite und wies ihn ins Wohnzimmer.

Lori schloss die Tür und knipste die Stehlampe an. Im Zimmer war es empfindlich kalt, selbst wenn man von draußen kam.

»Ich wollte Dora besuchen. Schläft sie?«

»Sie wohnt nicht mehr hier.«

»Ich hab ihren Wagen in der Garage gesehen.«

»Ich hab ihn ihr abgekauft. Ich wohne jetzt mit einer anderen Frau zusammen, aus Litauen. Komm mit ins Esszimmer, ich mach den Heizstrahler an.« Sie schlurfte in ihren rosafarbenen Hausschuhen zur Wand.

»Wo ist sie hin?«

»Nach Texas, Fort Worth. Ist schon einige Monate her.« Sie kniete sich vor einen kleinen, billigen Heizstrahler, drehte den Regler ganz auf, dann schloss sie hinter sich die Esszimmertür.

»Sie hat mir nichts davon erzählt.«

»Du hast sie nicht mehr angerufen, Charlie.«

»Tut mir Leid.«

»Bei mir musst du dich nicht entschuldigen. Willst du was Warmes zu trinken?«

»Ich könnte einen Drink vertragen.«

»Ich hab nur Kaffee. Ich trinke keinen Alkohol mehr.«

»O ja, wäre nett, wenn du sowieso einen hast.«

Ohne etwas zu erwidern, ging sie in die Küche; hinter ihr fiel die Tür zu. Charlie setzte sich an den runden, leeren Tisch, und während sich die grauen Heizstäbe langsam orangerot färbten, sah er sich in dem winzigen, traurigen und vertrauten Raum um. Im Regal standen zwei großformatige Kunstbildbände, die er Dora geschenkt hatte, und an der Wand hing noch sein letztes Weihnachtsgeschenk, das gerahmte, pastellfarbene Poster einer Indianerin, die auf einer Decke saß und Mais stampfte. Er hatte es vor genau einem Jahr in einem tristen kleinen Geschenkladen im Stadtzentrum gekauft, der kurz darauf Pleite gegangen war. Am Weihnachtsmorgen hatte Dora so getan, als würde sie sich wie verrückt darüber freuen.

Durch die Küchentür hindurch hörte er das Summen der Mikrowelle, kurz darauf erschien Lori in der Tür. »Milch? Zucker?«

»Nein, danke.« Sie verschwand wieder, gleich danach klingelte die Mikrowelle. Zehn Sekunden später erschien sie mit zwei großen Tassen, in denen jeweils ein Löffel steckte.

»Muss vielleicht noch umgerührt werden. Ist Instant-Kaffee, tut mir Leid.«

Sie ließ sich auf einen der Stühle fallen. »Fröhliche Weihnachten.«

»Ja, fröhliche Weihnachten. Besuchst du morgen deine Familie?«

»Meine Verwandten wohnen alle in Indiana.« Sie nippte vorsichtig an ihrem Kaffee und probierte, wie heiß er noch war. »Siehst du deine Kinder?«

»Ich hab sie schon heute gesehen. Bei den Schwiegereltern.« Er setzte die Tasse an die Lippen, nahm einen kleinen Schluck von der heißen, ätzenden Flüssigkeit und spuckte sie augenblicklich in die Tasse zurück.

Sie sah ihn mit geneigtem Kopf und zusammengekniffenen Augen neugierig an. »Fängst du wieder was mit deiner Exfrau an?«

»Nein, ich war nur ein paar Minuten bei ihnen.«

»Das hat nämlich Dora immer geglaubt.«

»Nein.« Sie starrte ihn unverwandt an, ein Blick, dem er nur schwer standhalten konnte. »Es tut mir Leid.«

»Was?«

»Dass ich Doras Gefühle verletzt habe.«

»Charlie, du bist so darauf fixiert, dass es nicht mehr komisch ist.«

»Wovon redest du?«

»Ich will dir ja nicht die Illusionen rauben, Charlie, aber du hast Doras Gefühle nicht verletzt. Ich meine, klar, anfangs ein wenig, aber sie ist schnell darüber hinweggekommen. Sie wusste, dass alles im Sand verlaufen würde. Sie war sich darüber schon ziemlich lange im Klaren.«

»Wirklich?«

Lori lehnte sich zurück. »Was willst du hören, Charlie, dass du ihr das Herz gebrochen hast? Scheiße, sie hatte was mit 'nem Praktikanten, lange bevor du aufgehört hast, dich bei ihr zu melden. Und wenn er sie nicht davon abhalten konnte, wegzuziehen, glaube ich kaum, dass du es gekonnt hättest. Mach dir also keine Gedanken. Dein Gewissen ist rein.«

»Das erleichtert doch einiges«, sagte er, obwohl es das seltsamerweise nicht tat.

»Ich will dir ja nicht auf die Nerven gehen, aber wie läuft's in der Arbeit?«

»So wie immer.«

»Man weiß noch nichts über die Stripperin, die verschwunden ist? Dora sagte, du hast sie ziemlich gut gekannt.«

»Ich sollte jetzt lieber gehen. Ich muss um sechs Uhr in die Frühmesse.«

Lori schnaubte. »Klar, da müssen wir beide unbedingt hin.«

Am Eingang gab Charlie ihr einen Kuss auf die Wange.

»Schön, dich wiedergesehen zu haben, Charlie. Tut mir Leid, dass es so dumm gelaufen ist. Und auch wegen des Kaffees.«

»Danke, dass du mich reingelassen hast. Ja, war schön, dich zu sehen.«

»Weißt du, wenn du Lust hast, dann ruf mich an. Es muss nicht kompliziert werden.«

»Ja, vielleicht tu ich das.« Er öffnete die Tür und trat auf die Veranda.

»Klar. Frohe Weihnachten«, sagte sie und schloss die Tür hinter sich. Als er die Veranda hinabschritt, starrte ihm am Fenster der zweiten Hälfte des Doppelhauses eine Frau hinterher; im weichen, bunten Licht des Weihnachtsbaums erkannte er ihre weit aufgerissenen, wütenden Augen und ihr verkniffenes Gesicht, das sie gegen die Glasscheibe presste.

Er fuhr auf den Highway zurück in Richtung Westen und bog auf den Zubringer ab, der zum Midas Touch führte, das nun dunkel und verlassen an der Straße lag, das einzige Gebäude im Umkreis von einem Kilometer. Er blieb im Wagen sitzen und sortierte die Schlüssel an seinem Bund, bis er den richtigen mit der Aufschrift MASS gefunden hatte. Am Eingang hing ein handgeschriebener Zettel:

WEIHNACHTEN IST GESCHLOSSEN,
DAMIT UNSERE ANGESTELLTEN
DEN FEIERTAG BEI IHREN FAMILIEN
VERBRINGEN KÖNNEN

Drinnen war es kalt und still, in der Luft hing leichter Modergeruch. Er schaltete im vorderen Raum das Licht an. Von der billigen Holzverkleidung blinzelte ihm wissend das grellbunte Flachrelief eines Nikolaushauptes zu.

»Irgendjemand da?« Es kam keine Antwort. Er drehte sich um und wollte wieder gehen, als er bemerkte, dass er eine Schlammspur hinterlassen hatte; er lehnte sich an die Rezeption, hob seinen linken Fuß und besah sich die Sohle. Der Schuh war nass, winzige harte Schnee- und Eiskristalle klebten daran, aber kein Schlamm. Erst jetzt fiel ihm auf, dass die Schlammspur zum Massageraum 2 führte; er spürte, wie sein Schließmuskel zuschnappte. Unwillkürlich blickte er wieder zu dem Nikolausbild, dessen rotgesichtiges, lüsternes Grinsen bedrohlichen Züge angenommen hatte. Vorsichtig ging er der Spur nach.

Sie führte zum Massagetisch, der verdreckt und mit klebrigem Blut verschmiert war, ging dann weiter in den Lagerraum und schließlich zur Hintertür. Charlie betrachtete sie eine Minute lang und überlegte, ob jemand draußen war. Das Licht der Alarmanlage war an, und an der Hintertür konnte sie nur von innen an- und ausgeschaltet werden. Er steckte seinen Schlüssel in den Alarmkasten, schaltete sie aus und trat ins Freie. Anscheinend war er allein. Zwei parallele Furchen führten zu einem Abschnitt im Schnee, der flacher war als die übrige Umgebung; er war etwa zwei Meter lang und einen Meter breit. Er stand eine Weile davor, dann ging er zurück, um eine Schaufel zu holen und, wenn möglich, einen Drink aufzutreiben.

13

Er zog Ivys oberste Schublade auf und fand nichts als Blanko-Kreditkartenvordrucke und einen Stapel spezieller Coupons: Sie bezahlen fünf orientalische Massagen und bekommen eine Brustmassage *umsonst*. Die anderen Schubladen waren bis auf einige engbedruckte, abgegriffene Liebesromane leer. Er war sich sicher, dass Ivy irgendwo eine Flasche aufbewahrte; vielleicht hatte sie sie über die Feiertage mit nach Hause genommen. Er fühlte sich nicht in der Lage, das freizulegen, was dort draußen vergraben sein mochte, ohne einen stärkenden Drink. Aber nach einer oberflächlichen Suche in den einzelnen Massagekabinen musste er sich mit der Tatsache abfinden, dass im Midas Touch an diesem Weihnachtsmorgen kein einziger Tropfen Alkohol aufzutreiben war.

Im Lagerraum lehnte eine Schaufel an der Wand. Das Blatt war feucht, grau-braune, gefrorene Erde klebte daran. Charlie nahm sie, schaltete die hintere Außenbeleuchtung an und trat durch die Tür. Der rückwärtige Teil des Grundstücks war von einem alten Maschendrahtzaun umgeben; nichts rührte sich dahinter. Er blieb einen Moment vor der Stelle stehen, dann begann er zu graben. Sollte Vic da unten liegen, dann wäre das Geld fort, Charlie wäre aufgeflogen, und er hätte keine andere Wahl mehr als zu fliehen. Er grub weiter und war immer mehr davon überzeugt, auf Vic zu stoßen. Die Schmerzen in seiner Hüfte, die er fast vergessen hatte, machten sich wieder bemerkbar.

Die Erde, große, feste, halb gefrorene Brocken, die beim ersten Aushub bereits gelockert worden waren, ließen sich leichter ausstechen, als er gedacht hatte. Dennoch pochte sein Herz vor Anstrengung. Als er schließlich in etwa einem Meter Tiefe auf etwas Weiches stieß, ging sein Atem nur noch rasselnd. Er legte den Gegenstand frei, ein verschnürtes Leinwandbündel, das einem menschlichen Körper sehr ähnlich sah. Er betrachtete es. Auf seinem Gesicht, so spürte er, gefroren die winzigen Schweißtropfen. Er schnitt mit seinem Taschenmesser die Schnur am Kopfende durch und sägte dann durch die Leinwand. Darunter kam ein menschlicher Hinterkopf zum Vorschein, kurzes dunkles, blutverklebtes Haar. Es konnte Vic sein, es musste nicht Vic sein. Er bemerkte, dass er Seitenstechen hatte, eine Folge der ungewohnten körperlichen Anstrengung, ansonsten aber war er seltsam ruhig. Er versuchte die Leiche umzudrehen, damit er das Gesicht sehen konnte, doch die Leinwand steckte fest in der Erde und ließ sich nicht bewegen. Er atmete tief die kalte Luft ein, fasste mit beiden Händen den Kopf und riss ihn herum. Er rührte sich nicht, allerdings knackte es leise und viel versprechend; er versuchte es erneut. Diesmal gab der Kopf mit einem matschigen Splittern, das von mehreren scharfen, schnappenden Geräuschen begleitet wurde, nach. Das blutverschmierte Gesicht – Augen und Mund standen vor Überraschung offen – gehörte Deacon. Charlie erhob sich und betrachtete den Sack; die Leiche, erkannte er jetzt, war für Vic viel zu klein. Er konnte es kaum glauben; ihn schwindelte vor Freude. Im Moment jedenfalls hatte er noch eine kleine Gnadenfrist.

Von der Rezeption aus rief er bei Vic an. Am anderen Ende wurde abgenommen, aber niemand meldete sich. Er zögerte. »Vic?«

»Was zum Teufel geht hier vor? Ich komme nach Hause, und die Eingangstür steht sperrangelweit offen. Ich hatte fast einen Herzinfarkt. Wo steckst du?«

»Im Midas Touch. Deacon ist tot.«

»O Gott, hast du den kleinen Scheißer ausgegraben?«

»Ich hab das Grab gesehen, ich dachte, du wärst es.«

»Sehr teilnahmsvoll von dir, Charlie. Ich hoffe, du hast ihn wieder so zurückgelegt, wie du ihn vorgefunden hast!«

»Klar, was denkst du denn?« Er hatte es nicht getan. In seiner Aufregung war er sofort zum Gebäude zurückgerannt; das Grab war noch offen, und die Außenbeleuchtung war an.

»Mach dich lieber auf den Weg hierher. Es gibt noch einige andere Probleme.«

»Welche?«

»Das erzähl ich dir, wenn du hier bist. Du hast am Telefon schon genug ausgeplaudert.«

Er bedeckte die Leinwand mit den gefrorenen Erdbrocken, schaffte es aber nicht, eine ebene Oberfläche herzustellen. Er warf einige Brocken zur Seite, gab sich schließlich mit einer mehr oder weniger glatten Deckschicht zufrieden und schaufelte Schnee darauf. Als er zurücktrat, kam es ihm noch immer klumpig und uneben vor. Er schlug mit dem flachen Schaufelblatt zu. Nach acht oder neun Schlägen kam sein rasselnder Atem wieder; er gab es auf. Er häufte weiteren Schnee darüber, strich alles glatt und ging. Am Hintereingang blieb er stehen. Deacon war ein schmieriger kleiner Homunculus gewesen, wahrscheinlich war er jetzt tot, weil er versuchte hatte, Vic umzubringen. Dennoch erschien es Charlie nicht angebracht, sich ohne ein Gebet davonzumachen. Er murmelte ein Gegrüßet seist du Maria, ein Vaterunser und woran er sich noch aus dem 93. Psalm erinnern konnte. Dann öffnete er die Hintertür. Zu viel des Guten für Deacon, dachte er. Schließlich trampelte er noch im eingezäunten Bereich durch den Schnee, damit sich die aufgegrabene Stelle weniger augenfällig abhob, schaltete die Außenbeleuchtung ab und betrachtete das Grab, um festzustellen, ob es auffiel. Er entschied, dass es ganz in Ordnung war, und schloss die Tür.

Es war 4 Uhr 45, als er Vics Haus erreichte. Die Lichter waren alle aus; er ging zum hinteren Eingang. Vic wartete bereits in der Küche auf ihn. Er trug eine hellblaue Skijacke.

»Warum zum Teufel hat es so lange gedauert?« Sein flaches, rundes, meist blasses Gesicht war knallrot vor Wut, Anstrengung oder Kälte.

»Ich hab im Midas Touch noch etwas aufgeräumt.«

»Zwecklos. Deacon wird am Siebenundzwanzigsten oder Achtundzwanzigsten gefunden werden, egal, was wir tun, aber bis dahin sind wir längst fort. Komm mit in den Keller, ich muss dir was zeigen. Das wird dich aufmuntern.«

Mitten in Vics Keller stand eine große, von Einschüssen durchlöcherte Truhe. Die Löcher sahen so aus, als hätte jemand von innen die Schüsse abgegeben.

»Wir werden noch unseren Spaß haben, Charlie, wenn wir uns hier davonmachen.«

»Du bist ein toter Mann, Cavanaugh.« Die wütende Stimme kam aus der Truhe, die auf dem staubbedeckten, rissigen, grünen Linoleumboden hin und her wankte.

»Für jemanden, der in einer Truhe festsitzt, reißt du ganz schön das Maul auf, Roy.«

»Wer ist da noch? Ist das Arglist?«

»Halt's Maul. Hilf mir, Charlie, wir schaffen ihn nach oben und packen ihn in den Lincoln.«

»Ich hab den Lincoln nicht mehr.«

»Was fährst du dann?«

»Einen Mercedes.«

»Wieso zum Teufel fährst du so einen ausländischen Scheißdreck? Du hast den besten amerikanischen Wagen bekommen, den es gibt.«

»Der Lincoln ist voller Kotze.«

Vic deutete auf die wackelnde Truhe. »Passt das Ding in den Kofferraum des Mercedes?«

Charlie schüttelte den Kopf. »Bin mir nicht sicher. Vielleicht müssen wir ihn auf den Rücksitz legen.«

»Das ist schlecht. Ich hab keine Lust, mir bis zum Lake Bascomb das Gequatsche von diesem Schwanzlutscher anzuhören.«

»Arglist, hör mir zu.« Die Stimme klang rau und außer Atem. »Du kannst da immer noch lebend rauskommen. Hilf mir hier raus. Er wird dich sowieso übers Ohr hauen.«

»Halt's Maul!« Vic verpasste der Truhe einen heftigen Tritt und zog augenblicklich das Bein zurück. »O Gott, mein Zeh!«

»Warum erschießt du ihn nicht einfach?«

»Weil ich sehen möchte, wie er langsam im Lake Bascomb versinkt. Außerdem müssen wir sowieso die Leiche loswerden.«

»Was ist denn passiert?«

»Ich hab auf dich gewartet, etwa gegen ein Uhr hörte ich ein Geräusch. Ich ging also raus und sah nach, und da war Deacon, der sich seitlich vom Haus versteckt hielt. Ich zog ihm eins über die Rübe und schleppte ihn in die Garage, wo ich ihn zwang, mir zu sagen, was er wusste und wer außer ihm noch etwas weiß.«

»Hörst du, Charlie? Ich biete dir einen Deal an.«

Vic wollte wieder auf die Truhe eintreten, überlegte es sich dann anders, packte eine lange Eisenstange und hieb damit auf den Deckel ein.

»Du sollst dein Maul halten, hab ich gesagt! Komm, Charles, gehen wir nach oben.«

Sie stiegen die Treppe hinauf. Roy Gelles' heisere Schreie folgten ihnen bis in die Küche.

»Komm mit ins Wohnzimmer, Charlie, mal sehen, ob ich in dieser Verwüstung noch einen Drink auftreiben kann, bevor wir abhauen.«

Im Wohnzimmer war alles kurz und klein geschlagen. Möbel waren umgeworfen, Polster aufgeschlitzt, Schubladen ausgeleert. Der Fernseher lag auf der Seite, der Bildschirm wies ein Loch so groß wie eine Billardkugel auf. Die Flaschen in der Bar, die noch voll gewesen waren, als Charlie auf Vic gewartet hatte, waren nun leer. Vic ging zum Schrank, öffnete ihn und suchte nach einer intakten Flasche.

»Das setzt allem die Krone auf, eine regelrechte Beleidigung. Er hat sie verdammt noch mal einfach ausgeschüttet.« Mit einem Kopfschütteln betrachtete er die leeren Flaschen, als untersuchte er eine entweihte Kirche.

»Wie ist er in die Truhe gekommen?«

»Ach ja. Ich kam zurück, nachdem ich Deacon entsorgt hatte, und stieß hier auf Roy, der die Wohnung zerlegte. Ich schlich mich hinter ihn und knallte ihm wie Deacon die Eisenstange auf den Kopf, nahm seine Waffe, zog ihn nach unten und stopfte ihn in die Truhe. Er ist da drin schön eng eingekeilt, Charlie. Ich war so müde, dass ich vergaß, ihn auf eine zweite Waffe zu durchsuchen. Stellte sich heraus, dass er noch eine hatte. Mir blieb fast das Herz stehen, als plötzlich die Kugeln aus der Truhe pfiffen, das kann ich dir sagen.« Er schüttelte den Kopf. »Nicht ein Tropfen.«

»Ein Bier im Kühlschrank?« Er wollte einen Drink. Sein Kopf begann zu schmerzen.

»Nein. Na ja, du musst sowieso fahren. Ich denke, wir schaffen es noch bis zum Elf-Uhr-Flug zum JFK, trotz unseres Zwischenstopps am Lake Bascomb. Los, fahr deinen Mercedes in die Garage, mal sehen, ob wir Roy in den Kofferraum packen können.«

Charlie war überrascht, als sich herausstellte, dass die Truhe tatsächlich zu groß für den Kofferraum war. Er hatte bereits zu glauben begonnen, der Wagen würde ihn niemals im Stich lassen. »Wir könnten ihn der Länge nach halb reinschieben, ein rotes Tuch daran binden und den Kofferraumdeckel mit einer Schnur zubinden«, sagte Vic.

»Es gibt eine Straßenverkehrsordnung für übergroße Ladungen im Kofferraum.«

»Dein Problem ist, Charlie, du denkst wie ein beschissener Anwalt. Wir machen das jetzt einfach so, damit wir hier endlich loskommen.«

»Wenn wir es falsch machen, hält uns vielleicht ein Bulle an und sagt uns, wie wir es richtig machen sollen. Und was tun wir, wenn dann die Truhe plötzlich mit ihm zu reden anfängt?«

»Das wird nicht geschehen«, sagte Vic, wirkte allerdings nun tatsächlich ein wenig besorgt. »Die Leute machen das doch ständig.«

»Komm schon, es sind doch nur zwanzig Minuten bis zum Lake Bascomb, sogar bei Schnee. Packen wir ihn auf den Rücksitz.«

Aus der Truhe erscholl wieder die Stimme. »Ich werde es dir vergelten, Charlie. Ich werde sagen, ich habe dich nicht finden können. Du kannst das ganze Geld haben. Alles. Ich bring Vics Kopf in einer Hutschachtel zurück, das wird Bill genügen.«

»Willst du ihm wirklich die gesamte Zeit zuhören, Charlie?«

»Die Wahrscheinlichkeit, aufgehalten zu werden, ist geringer. Und wir können unser Gepäck im Kofferraum verstauen und müssen nachher nicht umladen.«

Vic seufzte. »Okay, du hast gewonnen. Es muss wohl immer so laufen, wie du es willst. Ich bin müde. Packen wir den Dreckskerl in den Wagen und machen wir uns auf den Weg.«

Sie hoben die Truhe an den Handgriffen an. Roy wehrte sich, strampelte, sodass Charlie die Truhe aus der Hand glitt und mit dem vorderen Teil gegen den Betonboden der Garage knallte. Von drinnen ertönte ein überraschter, schmerzerfüllter Aufschrei. Mit einigen Schwierigkeiten manövrierten sie das Ding schließlich auf den Rücksitz. Wieder war Charlie beeindruckt vom großen Innenraum des Mercedes.

»Das ist eine verdammt große Truhe. Ich bin mir nicht sicher, ob wir das Ding überhaupt in den Kofferraum des Lincoln gebracht hätten.«

»Ja, vielleicht hast du Recht«, sagte Vic. »Lass uns die Taschen holen und abhauen.«

Kein Wagen war zu sehen, als sie fünf Kilometer östlich der Stadt vom alten Highway abbogen. Roys bettelndes Flehen war verstummt und durch ein leises, nuschelndes Murmeln ersetzt worden. Charlie stellte fest, dass er Roys Geräusche fast ausblenden konnte – sie wurden sowieso vom Gedudel der Weihnachtslieder überdeckt, bis Vic das Radio abstellte. »Ich hab diesen Scheiß so oft gehört, das reicht ein Leben lang«, sagte er. Das zusammenhanglose Stöhnen war das einzige, was neben dem Motor und der Heizung noch zu hören war.

Wahrscheinlich bekam Roy durch die Einschusslöcher nicht genug Luft, dachte Charlie. Ohne sie wäre er vermutlich längst erstickt. Vic starrte schweigend und mit ausdrucksloser Miene vor sich hin. Er sah aus, als wäre er unterwegs, um einige Pfandflaschen einzulösen oder seine Kleidung aus der Reinigung zu holen.

»Ich hab Renata das Negativ gegeben«, sagte Charlie gedankenverloren. Er sehnte sich noch immer nach einem Drink.

Vic runzelte die Stirn. »Welches Negativ?«

»Cupcake.«

Erstaunt drehte sich Vic ihm zu. »Du hast ihr das Negativ gegeben? Wofür zum Teufel?«

Er zuckte die Schultern. Er hätte es nicht erwähnen sollen. »Als Weihnachtsgeschenk.«

»Das ist nicht witzig. Solche Dinge tut man nicht. Das bringt das Machtgleichgewicht durcheinander.«

»Was interessiert uns das? Wir sind doch sowieso nicht mehr da.«

»Darum geht es nicht.«

»Es ist also in Ordnung, Bill Gerard dreieinhalb Jahre lang zu bescheißen und seine Konten abzuräumen, aber es ist nicht in Ordnung, ein lausiges Foto herzugeben?«

Vic schüttelte voller Abscheu den Kopf. »Vergiss es. Vergiss es einfach.«

»Sie hat mir erzählt, Roy sei auf der Suche nach uns.«

»Warum sollte sie dir das sagen? Als wäre das was Schlimmes? Was hast du ihr erzählt?«

»Nichts.«

»Charlie, warum solltest du ihr das Negativ geben, was muss sie sich dabei denken? Du bist doch der dämlichste Dreckskerl, der mir jemals in meinem Leben untergekommen ist. Genau das bist du.«

»Vic, Bill Gerard weiß Bescheid. Deswegen steckt jetzt Roy dort hinten in der Truhe.«

Vic verstummte. »Darum geht es nicht«, sagte er leise. Sie schwiegen eine Weile. Aus der Kiste drangen Gebete, eine Reihe sich abwechselnder Vaterunser und Gegrüßet seist du Maria.

Vic schüttelte den Kopf. »Hör dir das an, er versucht sich noch in letzter Minute zu bessern.«

»Komisch, ich hab heute Nacht zum ersten Mal seit ich weiß nicht wie vielen Jahren ein Gegrüßet seist du Maria gesprochen, und jetzt hör ich es schon wieder.

»Das ist Inspiration.«

»Bist du katholisch, Vic?«

»Ja, klar. Du doch auch, oder?«

»Früher einmal, irgendwie.«

»Was soll das heißen, früher einmal? Einmal ein irischer Makrelenfresser, immer ein irischer Makrelenfresser.«

»Na ja, ich bin mit einer Kongregationalistin verheiratet, meine Kinder werden so erzogen.«

»Ich würde niemals zulassen, dass meine Kinder anders als katholisch erzogen werden. Nicht dass Bonnie das jemals versuchen würde.« Vic drehte sich um und sah zur Truhe. »Hey, Roy, was hast du seit deiner letzten Beichte alles angestellt? Hoffentlich nichts Schlimmes.« Er lachte. Der heisere monotone Singsang aus der Truhe hörte abrupt auf. Vic lachte noch lauter. »Hört sich an, als würde Roy direkt in die Hölle fahren.«

»Ich möchte mit einem Priester sprechen«, sagte Roy. Er klang betrunken.

»Da hat er Recht, was meinst du, Charlie? Wer mit Schlimmerem als einer lässlichen Sünde auf dem Gewissen stirbt, der kommt ohne Umwege in die Hölle.«

»Ich denke schon, aber im Grund müsste man einen Priester oder einen Kanoniker fragen. Vielleicht gibt es eine Ausnahme, wenn man wirklich einen Priester sprechen und aus reinem Herzen die Beichte ablegen möchte, aber gerade kein Priester aufzutreiben ist. Vielleicht bekommt man dann eine längere Zeit im Fegefeuer aufgebrummt.«

»Typisch Anwalt, sucht immer nach einem Schlupfloch. Ich würde sagen, Roy fährt direkt vom Lake Bascomb zur Hölle.«

Bei diesen Worten begann Roy heftig gegen den Truhendeckel zu schlagen. Charlie stellte sich vor, wie die Truhe im eisigen schwarzen Seewasser versank. Er war sich nicht sicher, ob er es tun konnte, ja nicht einmal, ob er dabeistehen und Vic es tun lassen konnte. Warum hatte Vic den armen Scheißkerl nicht einfach erschossen? Das alles hatte nichts mit ihrem Plan zu tun und diente einzig und allein Vic, damit er seine theatralischen Rachegelüste befriedigen konnte. Vielleicht hatte Roy Recht, vielleicht würde er ihm in den See nachfolgen. Vielleicht sollte er es sich überlegen und auf Roys Angebot eingehen. Dass er ihn mit dem Geld ziehen ließ, war ein Bluff, aber vielleicht standen die Chancen nicht schlecht, dass Roy ihn am Leben ließ. Kein schlechter Tausch, schien es Charlie. Roy krächzte Unzusammenhängendes, wahrscheinlich delirierte er wegen des Sauerstoffmangels, vielleicht auch wegen des Schlags auf den Kopf.

»Hast du schon mal jemanden umgebracht, Charlie?« Vic sah ihn aus den Augenwinkeln heraus an.

»Nein.«

»Ich dachte, du seist in der Armee gewesen. Warst du nicht in Vietnam?«

»Ich war in Deutschland stationiert. Außerdem war ich schon wieder entlassen, bevor sie anfingen in Vietnam , massiv Truppen zusammenzuziehen.«

»Ich hätte nach Korea gehen können, wenn ich nicht im Gefängnis gewesen wäre. Ich hab mich sogar freiwillig gemeldet, aber sie ließen sich nicht darauf ein. Ich wäre gegangen, ich wollte es.«

Charlie räusperte sich. »Warum bist du bis zum Midas Touch hinausgefahren, um Deacon zu verscharren?«

Vic zuckte die Achseln, als läge doch alles klar auf der Hand. »Hätte ich ihn im Haus gelassen oder im Garten begraben, hätte mich jemand sehen können, und wenn sie mich geschnappt hätten, wäre es sehr viel leichter gewesen, es mir in die Schuhe zu schieben. Außerdem dachte ich mir, wenn du und ich verschwunden sind, Roy auch verschwunden ist, und man dann Deacons Leiche findet, wem wird dann die Schuld zugeschoben?«

»Bill Gerard?«

»Genau.«

Roys Atem kam nur noch abgehackt und laut rasselnd.

»Vielleicht sollten wir dafür sorgen, dass er mehr Luft bekommt.«

»So ein Quatsch. In zehn Minuten ist er sowieso tot.«

Charlie hing dem Gedanken nach, dass Bill Gerard in dem ganzen Tohuwabohu mit untergehen könnte. Dass Vic und er als potenzielle Opfer statt als Täter gelten konnten, darauf war er bislang nicht gekommen. Sie würden als vermisst erklärt und wahrscheinlich für tot befunden werden. Der Gedanke, der ihm dann kam, erfüllte ihn mit Panik.

»Hey, Vic?« Seine Stimme ging bei der zweiten Silbe mindestens eine Oktave höher.

»Ja?« Vic sah aus dem Beifahrerfenster auf die an ihnen vorüberziehende verschneite Landschaft, die niedrigen Zäune und Telefonmasten.

»Was, glaubst du, ist wirklich mit Desiray passiert?«

Vic murmelte etwas vor sich hin, ohne den Kopf zu wenden.

»Was? Ich hab dich nicht verstanden.«

Er wiederholte es, lauter zwar, sah aber nach wie

vor aus dem Fenster. »Ich sagte, mach dir um Desiray keine Sorgen.«

»Ich mach mir um sie keine Sorgen, nur manchmal, weißt du, da frag ich mich eben.«

»Denk nicht weiter darüber nach.«

Sie fuhren weiter, begleitet nur vom lauten, trockenen Röcheln aus der Truhe. Schließlich sah Vic wieder nach vorne.

»Sieh mal, Charlie, sie wusste, was wir vorhaben.«

»Wie hat sie's herausgefunden? Es wusste doch sonst keiner.«

»Ich hab mit ihr gevögelt. Sie war oft bei mir, sie hat eins und eins zusammengezählt. Eines Tages hat sie mich direkt gefragt: Hintergeht ihr Bill Gerard? Sie hat mich in einem unbedachten Moment erwischt. Ich hab ihr alles erzählt.«

»Du hast ihr alles erzählt?«

»Warum hätte ich es in dieser Phase noch leugnen sollen? Sie konnte es sich doch selbst zusammenreimen. Sie wollte mitmachen, mitkommen. Das heißt, vor allem mit mir.«

»Also hast du sie umgebracht?«

»Was hättest du denn getan? Sie wollte ein Drittel vom Anteil. Das bedeutet, ein Drittel von meiner und ein Drittel von deiner Hälfte.«

»O Gott, Vic, sie hat zwei Kinder.«

»Hey, die Kinder sind bei ihrer Schwester und ihrem Schwager. Die Schwester ist ein nettes Mädchen, sie geht, ganz anders als Desiray, in die Kirche, sie hat auf die Kinder einen weitaus besseren Einfluss als diese geldgeile Hure. Und vergiss nicht deinen Anteil an der Sache. Ich habe deine Interessen ebenso verteidigt wie meine.«

»Wo ist die ...« Er hielt mitten im Satz inne und formulierte ihn neu. »Wo hast du sie hingeschafft?«

»Da, wo auch Roy enden wird. In einer anderen Truhe.«

»O Gott. Du hast sie doch nicht lebend versenkt, oder?«

»Fühlst du dich besser, wenn ich mit Nein antworte?«

Er nickte. »Ja.«

»Gut. Sie war tot, bevor die Truhe auf dem Wasser aufschlug.«

Beide schwiegen, bis sie am See waren.

Das kurze Stück zur hölzernen Anlegestelle war verschneit, Reifenspuren waren keine zu sehen. Charlie stellte den Wagen etwa drei Meter entfernt ab, stieg aus und öffnete die hintere Tür an der Fahrerseite. Vic öffnete die andere Tür und schob die Truhe, während Charlie auf der anderen Seite zog. Seine Hüfte begann wieder zu pochen, dann glitt er aus und riss die Truhe mit sich vom Rücksitz. Als sie auf dem Boden aufschlug, kam von drinnen ein Geräusch wie von einem Basketball, dem gerade die Luft ausging. Einen Zentimeter weiter, und die Kante der Truhe hätte genau seine Eier getroffen.

»Alles in Ordnung?«

»Alles wunderbar«, sagte er in der Gewissheit, dass Vic ihn umbringen würde, sobald er ihn nicht mehr brauchte und Roy unter die Wasseroberfläche geschafft war.

Er stand auf und klopfte sich den Schnee ab. Der Schmerz in der Hüfte hatte sich verschlimmert. Sie trugen die Truhe zum Steg. Vic hielt das vordere Ende umfasst und ging rückwärts, vorsichtig trat er auf die verschneiten Planken, doch bereits nach zwei Schritten rutschte er aus. Die Truhe schlug hart auf, das Stöhnen, das nach außen drang, war kaum noch zu hören.

»Scheiße. Komm, schaffen wir den kleinen Wichser ins Wasser und hauen ab. Setz die Truhe ab und schieb.« Vic hatte sich erhoben und begann die Truhe ans Ende des Stegs zu schleifen. Charlie schob von hinten; die Truhe glitt über die holprigen Planken.

»Okay, stopp.« Vic stand am äußersten Ende des Stegs. Er drehte sich um und sah über die zugefrorene und von einer dichten, hell schimmernden Schneeschicht bedeckte Oberfläche. Er seufzte zufrieden. »Es ist wirklich schön hier, Charlie.«

»Ja.« Er betrachtete Vic, der die Aussicht bewunderte. Die Truhe hinter ihm reichte ihm etwa bis an die Knie, der Steg war glatt und schneebedeckt, und noch während er seine Entscheidung traf, hatte er sich bereits über die Truhe gebeugt und seine Schulter dagegen gestemmt. Er rammte sie Vic in die Kniekehlen: Seine Beine wurden nach vorne geschleudert, einen Moment lang schaffte er es, in der Vertikalen zu bleiben, während seine Beine bereits in Richtung Eis hingen; mit einem Arm konnte er sich noch kurz am Stegende festkrallen, dann rutschte er ab und landete nach einem kurzen, stillen Fall auf dem Eis. Ein dumpfer Knall und ein Krachen waren zu hören, aber kein Platschen.

»Du dummes Arschloch, hilf mir hoch!«

Charlie beugte sich über die Truhe und sah unten Vics dunkle Silhouette; er lag mit ausgestreckten Armen und Beinen auf dem Eis und versuchte das Gewicht gleichmäßig zu verteilen. Er musste gut zweieinhalb Meter in die Tiefe gestürzt sein; der Wasserspiegel stand niedrig in diesem Jahr.

»Einen Moment, ich hol was, damit du dich festhalten kannst.«

»Beeil dich, verdammt noch mal.«

Charlie ging langsam zum Wagen zurück und öffnete den Kofferraum. Er kramte hinter den Taschen, zog ein Montiereisen und einen zweiteiligen Wagenheber hervor, wie er ihn noch nie gesehen hatte, und kehrte zum Steg zurück.

»Beeil dich, das Eis hält nicht ewig.«

Charlie zuckte zusammen, als er das erste Teil des Wagenhebers nur wenige Zentimeter von Vics Gesicht entfernt nach unten fallen ließ. Es durchschlug den Schnee und das Eis und versank im Wasser. Ein knarrendes Geräusch war zu hören, wie es manchmal alte Häuser von sich gaben.

»Was zum Teufel treibst du da, Charlie?« Vorsichtig hob Vic den Kopf und robbte vom Loch und den sich weitenden Rissen im Eis – und damit auch vom Ufer – weg.

»Tut mir Leid, Vic.«

»Du Scheißkerl.«

»Du wolltest mich umbringen.«

»Du weißt nicht, wo das Geld ist, Charlie. Ohne mich bist du aufgeschmissen.«

»Es ist in einem der Koffer.«

»Nein, da ist es nicht.«

Wieder knackte das Eis, lauter jetzt und schriller. Vic bewegte sich sehr vorsichtig, sah zum Ufer und fasste in seine Manteltasche, um etwas herauszuholen. Charlie ließ das andere Teil des Wagenhebers fallen. Auch es schlug keine dreißig Zentimeter von Vics Schulter entfernt durch das Eis, das unter ihm aufbrach. Er verschwand kurz, dann tauchte sein Kopf wieder auf. Er spuckte Wasser aus.

»O Gott, ist das kalt ...« Zitternd versagte ihm die

Stimme. »Charlie, hilf mir. Ich wollte dich nicht umbringen, ich schwöre es.«

Charlie trat vom Steg, suchte im Schnee nach Steinen und kehrte anschließend mit zweien – der größere wog vielleicht fünf Kilo – zurück. Er ließ den kleineren fallen, der an Vics Kopf vorbeiging und mit einem lauten, explosiven Knall ins Wasser eintauchte. Charlie warf den zweiten Stein. Mit einem verblüffend hölzernen Geräusch traf er Vics Kopf. Vic schrie vor Schmerz und Überraschung auf. Benommen sah er zu Charlie auf, dann schluckte er hörbar Wasser und ging unter. Charlie betrachtete eineinhalb Minuten lang das zerklüftete schwarze Loch in der Eisschicht, dann wandte er sich ab, um die Truhe zu öffnen. Kurz dachte er noch darüber nach, dass Vic, wenn er sich aufblähte, durch das Loch wieder an die Oberfläche kommen könnte, beschloss dann aber, dass sich bis dahin die Eisdecke längst wieder geschlossen hätte. Es war jedenfalls ein großer See, und es war sehr unwahrscheinlich, dass er dort wieder auftauchen würde, wo er untergegangen war.

»Gleich bist du frei, Roy, und wir können uns über deinen Deal unterhalten.« Sein großer, sein Leben verändernder Plan war nun vorbei, jahrelange Pläne und Täuschungsmanöver waren umsonst gewesen, und die arme Desiray lag für nichts und wieder nichts in einer Truhe wie dieser im eisigen Wasser.

Er fühlte sich seltsam erleichtert, als er mit der Eisenstange das billige, mit einer Kombination versehene Vorhängeschloss aushebelte.

»Roy?« Er schüttelte ihn. Roys Lider hingen halb über die regungslosen Augen, der Kiefer stand offen, zwischen den Zähnen ragte die Zungenspitze hervor. Charlie prüfte den Puls am Hals, fand keinen, wusste aber auch nicht genau, wo er zu drücken hatte. Er rüttelte fester an Roy. »Komm schon.« Roy rührte sich nicht.

Er erinnerte sich an eine alte Geschichte, die sein Urgroßvater Arlen über einen Landarzt erzählt hatte, der einen angeblich toten Farmer wieder zum Leben erweckte, indem er ihm die Zehe brach. Der Farmer hatte vor Schmerz aufgeschrien und sich, anscheinend gesund, aufgerappelt; die Anwesenden sprachen von Wiederauferstehung und von Wundern, die Zehe aber färbte sich schwarz vor Wundbrand, und eine Woche später war das Bäuerlein tot. Die Geschichte wurde immer mit fröhlichem Gelächter quittiert.

Er wollte Roy nicht den Schuh ausziehen, deshalb packte er dessen klamme linke Hand und bog den kleinen Finger um. Roys Gesichtsausdruck änderte sich nicht. Er fasste in die Truhe und holte Roys leere Pistole hoch, ein winziges, vernickeltes Ding, das er in seiner Socke versteckt haben musste. Es war nicht richtig, sie einem Toten zu stehlen, außerdem wusste er weder, woher er Munition bekommen sollte, noch, welche Munition dafür überhaupt benötigt wurde. Dennoch dachte er, dass es nicht schaden könnte, sie zu haben. Er ließ sie in seine Mantelinnentasche fallen.

»Tut mir Leid, Roy.«

Er schloss die Truhe und schob sie ans Ende des Stegs. Sie riss links von der ersten Öffnung ein langes, rechteckiges Loch ins Eis, schwamm eine Weile auf dem schwarzen Wasser, sog sich dann voll und ging unter.

14

Vics Koffer enthielten acht oder zehn verschiedene Garnituren Sommerkleidung, drei Paar Krokodillederschuhe, Rasierzeug und tausend Dollar in Reiseschecks. Mehr Geld fand sich nicht. Charlie schleppte beide Koffer zum Steg und warf sie in das große Loch, kehrte zum Mercedes zurück, schaltete das Radio ein und machte sich auf den Weg zu Vics Haus.

Ein Streichorchester quälte sich durch ein schales Arrangement von »White Christmas«, während er an den halb verfallenen Zäunen und Schneewehen zu beiden Seiten der Straße vorüberfuhr. Der Diskjockey nuschelte ehrfürchtig und mit rauer Stimme von der tieferen Bedeutung des Schnees und meinte gar, es könne sich um ein Weihnachtswunder handeln. Charlie dachte zum ersten Mal seit Jahren wieder an sein achtes Weihnachten, als es drei Tage lang ununterbrochen geschneit und er einen Labrador-Welpen geschenkt bekommen hatte. Obwohl der Hund als Geschenk für alle sechs Kinder gedacht war, hatte er sich sofort Charlie angeschlossen. Er hatte ihn Duke genannt, und von da an war

Duke vor allem Charlies Hund gewesen, wenigstens so lange, bis er aufs College gegangen war. Wenn er in den Ferien nach Hause kam, war der Hund fast hysterisch vor Freude, hatte gewinselt und gebellt und ihn abgeschleckt, und bei der unvermeidlichen Abreise lag in seinen Augen eine fast komische Trauer. Der Hund war gestorben, als Charlie in der Armee gewesen war, und bei dem Gedanken an den alten Hund, der ohne ihn gestorben war, traten ihm beinahe Tränen in die Augen. Er wusste noch nicht einmal, wo seine Eltern Duke begraben hatten. Sein Urgroßvater, fiel ihm ein, war ebenfalls gestorben, als er sich in Deutschland aufgehalten hatte, und auch von ihm wusste er nicht, wo er begraben lag.

Er fragte sich, ob Arlens Geschichte über den Farmer wahr oder erfunden war, um Charlie und seinen Geschwistern Angst einzujagen. Die meisten Anekdoten über seine Jugend im Wilden Westen waren ebenso sensationslüstern und voll blutrünstiger Gewalt, betrunkenen Cowboys, allgegenwärtigen, schrecklichen Krankheiten, rachsüchtigen Indianern und umherirrenden Geistern. Der Alte hätte Gefallen gefunden an dem Gedanken, dass unter dem Eis des Lake Bascomb drei Leichen zusammen den Winter verbrachten, ein Mörder und seine beiden Opfer, die auf das Tauwetter im Frühling warteten.

Im Grunde genommen war Charlie enttäuscht, sowohl darüber, dass Desiray regelmäßig mit Vic geschlafen hatte, als auch darüber, dass dieser sie umgebracht hatte. Sie hatte aus ihrer starken Abneigung gegenüber Vic nie einen Hehl gemacht, und er wusste nicht, was Vic beruflich für sie hatte tun können, wozu nicht auch er in der Lage gewesen wäre. Gewiss, sie besaß einen unersättlichen Appetit auf Koks. An einem Sommerabend, erinnerte er sich, hatte er sie nach Hause begleitet und mit angesehen, wie sie sich eine Line nach der anderen reinzog, wie sie sich immer verrückter gebärdete, je später es wurde, sich dazwischen Wein reinkippte und alles zum Abschluß brachte, indem sie Charlie voller Enthusiasmus einen blies. Wahrscheinlich hatte Vic ihr das Kokain gegen Sex verkauft. Sein scheinbar grenzenloser Vorrat an Stoff hatte sie wohl zu dem tödlichen Fehler verleitet, ihm gegenüber laut über dessen Herkunft zu spekulieren. Charlie hatte Desiray gemocht, sehr sogar, und monatelang hatte er sich eingeredet, ihr Verschwinden beruhe auf ganz gewöhnlichen Umständen. Er bedauerte, dass sie tot war, dass Vic sie umgebracht hatte, aber je länger er darüber nachdachte, umso weniger bedauerte er, dass er Vic getötet hatte.

Er kehrte zu Cavanaughs Haus zurück ohne große Hoffnung, dort das Geld zu finden. Wenn Roy es nicht aufgespürt hatte, dann war es wahrscheinlich woanders. Laut Dennis war Vic am Nachmittag im Tease-o-Rama gewesen, doch dürfte Vic es kaum riskiert haben, dort das Geld zu verstecken. Er musste damit rechnen, dass Charlie sehr wahrscheinlich dort auftauchte. Nach einer oberflächlichen und erfolglosen Suche nach Alkohol, der ihm und Vic vorher vielleicht entgangen sein konnte, setzte er sich an den Küchentisch und dachte nach. Auf der Ablage daneben stand ein Anrufbeantworter, dessen rotes Licht blinkte.

»Hallo?« Eine raue, argwöhnische Frauenstimme; sie sagte nichts anderes, bevor sie zwei oder drei Sekunden später auflegte. Es klang sehr nach Renata, aber auch nachdem er das Band fünfmal angehört hatte, war er sich nicht sicher. Aus dem verstreuten Inhalt einer ausgeleerten Schublade zog er ein Adressbuch und schlug Renatas Namen nach. Ihre Privatnummer war in Vics kindlicher Handschrift hingekritzelt. Charlie begann zu wählen, hielt inne und sah erneut ins Adressbuch. Auch ihre Privatadresse war angegeben. Es war 5 Uhr 30. Ob mit oder ohne Geld, er musste sehr bald aus der Stadt verschwinden.

Renatas Haus war ein einfaches weißes Giebelhaus in einer Seitenstraße, etwa einen Kilometer westlich des Sweet Cage. Im Wohnzimmer brannte Licht. Er parkte den Mercedes etwas weiter unten an der Straße. Es hatte aufgehört zu schneien, die Umgebung war völlig ruhig, nichts war zu hören, nur seine Schritte auf dem verschneiten, verharschten Bürgersteig. Er betrat die Veranda und klopfte ans Glas. Einen Augenblick später wurde am Wohnzimmerfenster der Vorhang zurückgezogen, und Renata spähte zu ihm hinaus. Sie wirkte nicht im Geringsten überrascht. Dann öffnete sie die Tür.

»Hallo, Charlie.« Er schritt an ihr vorüber ins Haus. »Was führt dich hierher? Hoffst du noch auf deine Belohnung für die freundliche Tat?« Sie schloss die Tür hinter sich.

In ihrem Wohnzimmer war es warm und düster, die Möbel waren alt und abgenutzt. Im offenen Kamin brannte Feuer. Sie trug eine enge Hose, einen engen schwarzen Rollkragenpullover und keine Schuhe. Durch die dünnen Nylonstrümpfe hindurch leuchteten ihre knallroten Zehennägel, die farblich auf die langen Fingernägel abgestimmt waren, ein Detail, das ihn leicht erregte. Das Haar hatte sie noch immer zu einem strengen Knoten gebunden.

»Wo warst du? Ich war im Sweet Cage, nachdem wir telefoniert hatten, aber es war niemand da.«

»Ich habe Besseres zu tun, als auf dich zu warten, Charlie. Du sagtest, du würdest in zwanzig Minuten kommen.«

»Ein Bulle hat mich aufgehalten.« Er war sich

sicher, dass es kaum mehr als zwanzig Minuten gewesen waren, aber jetzt hatte er sich um andere Dinge zu kümmern. »Ich habe deine Nachricht gehört.«

»Welche Nachricht?« Sie war auf dem Weg zur Küche und drehte sich in der offenen Tür um.

»Du hast auf Vics Anrufbeantworter eine Nachricht hinterlassen.«

»Warum sollte ich Vic anrufen? Ich hab noch nicht mal seine Telefonnummer. Außerdem hänge ich immer sofort auf, wenn ich mit so einem Ding verbunden bin. Ich rede nicht mit einer Maschine.«

»Dann war es jemand, der so ähnlich klang wie du.«

»So ähnlich klang wie ich? Was hat sie gesagt?«

»Nur ›Hallo‹, dann hat sie aufgelegt.«

»Ich war es nicht. Hast du Vic gefunden?«

»Ja, ich hab ihn gefunden. Er ist tot.«

Sie zog eine Augenbraue hoch. »Hat Roy Gelles ihn umgebracht?«

»Roy ist auch tot.«

»Dann bist du also frei und kannst abhauen. Warum bist du hier?« Sie lehnte sich mit verschränkten Armen gegen den Rahmen der Küchentür, in ihren Mundwinkeln zeigte sich ein amüsiertes, leicht verächtliches Lächeln. Es kam ihm vor, als würde sie bewusst ihren Rücken durchstrecken, um ihre Brüste zu betonen.

»Ich kann die Kohle nicht finden. Ohne sie kann ich nicht weg.«

»Und du glaubst, das Geld sei hier?«

»Ich weiß es nicht. Ich weiß nur, dass die Stimme auf Vics Anrufbeantworter so klang wie deine.«

Sie zuckte mit den Schultern. »Sieh dich um, wenn du willst.«

Er setzte sich an den Esstisch. »Lieber nicht. Hast du was zu trinken?«

»Nur Kaffee und Tee.«

»Keinen Alkohol?«

»Noch nicht mal Wein. Willst du nun Kaffee? Ja oder nein?«

»Glaub nicht.« Sein Kopf pochte, und der dumpfe Schmerz in der Hüfte war nun ununterbrochen zu spüren.

»Vielleicht war das Bonnie auf dem Anrufbeantworter. Sie hat eine raue Stimme, eine Zigaretten-und-Alkoholstimme.«

»Vic und Bonnie haben, soweit ich weiß, seit drei Jahren kein Wort mehr gewechselt, außer vielleicht, um sich Beleidigungen an den Kopf zu werfen.«

»Soweit du weißt. Vielleicht hat sie das Geld.« Sie setzte sich neben ihn an den Tisch und beugte sich vor. »Sie lebt noch immer in ihrem alten Haus, oder?«

Charlie nickte. Es erschien unwahrscheinlich. Charlie hatte selten erlebt, dass sich Ehepartner so zerfleischten wie Vic und Bonnie. Noch nicht einmal seine Ehe war so auseinander gegangen.

»Du nimmst doch nicht an, dass er sie und die Kinder mitnehmen und dich ausbooten wollte, oder?«

»Mit Letzterem hast du Recht. Er wollte mich im Lake Bascomb versenken.«

»Oder – wenn er sie nicht mitnehmen wollte – hat er vielleicht gedacht, dass ihr Haus ein sicheres Versteck für das Geld ist.«

»Möglich.«

»Auch wenn sie nicht eingeweiht ist, wäre es doch möglich, dass er die Kinder besucht hat? Vielleicht hatte er da irgendein Versteck, einen Safe im Boden oder so was.«

Es klang schlüssig. Vic war ebensowenig ein fürsorglicher Vater wie er, Weihnachten allerdings hätte ihm den perfekten Vorwand geliefert, ins Haus zu kommen und dort etwas zu verstecken. »Vielleicht hat er es als Geschenk verpackt und unter den Weihnachtsbaum gelegt.«

Renata nickte. »Um wieviel Geld geht's denn eigentlich? Wenn ihr beide deswegen die Stadt verlassen wolltet, dann muss es wesentlich mehr gewesen sein als das, was ihr in den letzten Jahren unbemerkt abschöpfen konntet.«

»Gestern Nachmittag hab ich die Konten aller Geschäfte abgeräumt.«

»Das sind wieviel, insgesamt fünf oder sechs

Läden? Sagen wir zwölf Riesen, vielleicht fünfzehn. Das reicht doch nie für dich und Vic.«

Seufzend erhob sich Charlie. Es war 5 Uhr 45. »Wir haben unter der Hand Koks verkauft. Ziemlich viel sogar. Hinter Bills Rücken.«

»O Gott, Charlie. Bill Gerard hätte dir bei lebendigem Leib die Haut in kleinen Fetzen abgezogen, wenn er das herausgefunden hätte.«

»Unser Plan war, viel Geld zu machen und aus der Stadt zu verschwinden, bevor er es herausfindet.«

»Es geht also um viel Geld.«

»Es geht um einen ganzen Haufen Geld. Ich statte jetzt lieber Bonnie einen Besuch ab, bevor dort alle aufwachen und die Geschenke öffnen.«

Sie stand auf und kam auf ihn zu. »Wenn du noch mal vorbeikommen willst, bevor du gehst, Charlie ...« Sie legte ihm eine Hand auf die Schulter, mit der anderen berührte sie ihn an der Hüfte. Sie küssten sich kurz. Ihr Mund schmeckte nach Doublemint-Kaugummi, der den Zigarettengeschmack überdeckte: eine von Charlies liebsten Kombinationen. Dann löste sie sich von ihm, legte ihre Hände flach auf seinen Brustkorb, krümmte die Finger, und ihre langen, roten Nägel drückten sich durch seinen Mantel und sein Hemd. »Du solltest jetzt gehen.« Ihr Akzent schien etwas stärker zu sein als sonst.

Zehn Minuten später saß er in seinem Mercedes, drei Häuser von Bonnies Anwesen entfernt, das in einer neuen Siedlung aus fast identischen einstöckigen Häusern lag, in einem Gebiet, das zu Charlies Jugendzeit noch Farmland gewesen war. Er stieg aus und überquerte die Straße. Seine Nervosität wegen des bevorstehenden Einbruchs wurde durch die Vorstellung gemildert, dass kaum jemand einem gut gekleideten Weißen mittleren Alters, der noch dazu das neueste Mercedes-Modell fuhr, üble Machenschaften unterstellen würde, schon gar nicht in einer Gegend wie dieser, auch vor sechs Uhr morgens nicht. Dass er jemand war, der an diesem Weihnachtsmorgen seinen ersten Mord begangen hatte und nun im Begriff war, seinen ersten Einbruch zu begehen, wäre einem Außenstehenden niemals in den Sinn gekommen.

Er ging zur Seitenfront des Hauses und räumte um ein Kellerfenster den Schnee weg, setzte sich in die Vertiefung, die er dadurch geschaffen hatte, und konzentrierte sich. Er wusste, er konnte sich nur einen Tritt leisten. Sein rechter Fuß schoss durch das Fenster und erzeugte, wie ihm schien, einen unglaublichen Lärm; an seiner Ferse hatte sich der Schuh gelöst. Etwa eine halbe Minute saß er nur reglos da, aber nichts deutete darauf hin, dass man ihn gehört hatte. Vorsichtig zog er seinen Fuß durch die zersplitterte Scheibe, sein Schuh baumelte an den Zehen, blieb an einer vorstehenden Glasscherbe hängen und fiel in den Keller. Leise fluchend ging er auf die Knie, streckte die Hand durch und öffnete von innen das Fenster, ohne sich die Pulsadern aufzuschneiden.

Lautlos ließ er sich in den Keller hinab, seine rechte Socke war triefend nass. Die fast vollkommene Dunkelheit wurde nur durch die fahlgrauen Rechtecke der Fenster aufgehellt, die oben unmittelbar an die Decke stießen. Er tastete sich Zentimeter für Zentimeter an der Wand entlang, umging vorsichtig die dort aufgestapelten Kartons, bis er an der Wand gegenüber den Fenstern auf die Treppe stieß. Mit der Handfläche strich er über die raue Wand, fand den Lichtschalter und betätigte ihn. Der Keller war noch nicht ausgebaut, fleckige, graue Betonwände und ein glatter Betonboden, auf dem sich ausgesonderter Müll stapelte. Zwei nackte Glühbirnen, die an den Drähten an der Decke hingen, sonderten gelbliches Licht ab; eine war merklich heller als die andere. Eine Weile lang suchte er unterhalb des eingeschlagenen Fensters nach seinem Schuh, schob leise Kartons mit alter Kleidung und Spielsachen zur Seite, konnte ihn aber nicht finden. Zwei bis drei Minuten lang suchte er noch den übrigen Raum ab, bevor er verwirrt aufgab. Er schaltete das Licht aus und ging langsam die Treppe hinauf.

In der Küche war es kaum heller als im Keller. Er öffnete den Kühlschrank, hielt mit der rechten Hand das Gerät fest, um den verräterischen Plopp der Gummidichtung abzumildern, während er mit der anderen langsam die Tür aufzog. Er fand weder Bier noch Wein, nur eine große Ansammlung von Softdrinks, Fruchtsäften und Milch. Er ging weiter.

In der Ecke des Wohnzimmers stand der große Baum, darunter lagen gut dreißig farbenfroh eingepackte Geschenke. Er kniete sich nieder und musste feststellen, dass er in der Dunkelheit die Namen auf den Anhängern nicht entziffern konnte. Er kroch um den Baum herum, fand den Stecker für die elektrischen Kerzen und schob ihn in die Dose an der Wand. Die bunten Lichter gaben ein überraschend helles, weiches Licht ab; auf dem Beistelltisch sah er einen Teller mit letzten Cookie-Resten und ein halb leeres Glas mit Milch. Wenigstens musste er sich keine Sorgen machen, dass Bonnie auftauchte und meinte, Weihnachtsmann spielen zu müssen. Am Sims über dem offenen Kamin hingen drei gefüllte Weihnachtsstrümpfe, darüber zahlreiche gerahmte Familienfotos, unter ihnen überraschenderweise eines, auf dem Vic zu sehen war. Charlie bezweifelte sehr, dass in Sarabeths Haus noch ein Foto von ihm zu finden sein würde, es sei denn, Melissa hätte eine Aufnahme irgendwo versteckt. Die Namen auf den Geschenken waren nun deutlich lesbar. Das erste

Päckchen mit Vics Handschrift auf dem Anhänger war ein großer Karton, der »Für: Nina. Von: Daddy« adressiert war. Er nestelte mit den Fingernägeln den Klebestreifen ab und bemühte sich erfolglos, dabei das Geschenkpapier nicht zu zerreißen. Als er schließlich oben das Papier zurückschlug, las er die Worte »LITTLE BABY CHEWYFACE« und darunter die Empfehlung, dass das Spielzeug für Kinder von vier bis acht Jahren geeignet sei. Er öffnete den Karton und fand darin Little Baby Chewyface, eine Gebrauchsanleitung und sonst nichts. Er erinnerte sich gut an die Puppe. Vor zwei oder drei Jahren, als die Puppe der Renner der Saison gewesen war, hatte er Melissa ebenfalls eine geschenkt. Steckte man ihr Babynahrung in den Mund, schien sie zu kauen, aus den Mundwinkeln tropften Essensreste, und die kleine Babymutter musste dann die Puppe reinigen. Sie verfügte noch über einige weitere mehr oder weniger abscheuliche und wartungsintensive Funktionen, und Melissa schien damals sehr zufrieden gewesen zu sein. Er legte die Puppe in den Karton zurück, verpackte ihn wieder, so gut dies noch möglich war, und machte sich wieder auf die Suche nach Vics anderen Geschenken. Das nächste war beschriftet mit »Für: Danny. Von: DAD«. Er wollte es bereits öffnen, als ihm der Gedanke kam, dass noch nicht einmal Vic seinen Kindern ein Geschenk hinterließ, dass er ihnen vor dem Weihnachtsmorgen wieder wegnehmen würde. Das Geld musste sich in einem Geschenk für Bonnie befinden.

Aber wo war es? Verdammt, diese Leute schenkten sich eine ganze Menge. Von Mami für Susy. Für Danny von Nina. Für Susy vom Weihnachtsmann. Jede erdenkliche Kombination war zu sehen, nur nicht für Bonnie von Vic. Er suchte weiter. Großmutter und Großvater, Onkeln, Tanten und Cousins, wahrscheinlich alle aus Bonnies Familie. Und dann, in der Ecke, fast dort, wo er das Kabel vom Teppich aufgehoben hatte, sah er ein großes Paket, das mit dem gleichen grünen Geschenkpapier verpackt war wie Little Baby Chewyface. Er hob es auf und hievte es über die anderen Geschenke. Sein nicht unbeträchtliches Gewicht war ungleichmäßig verteilt; er stellte es vor sich auf den Boden und las den Anhänger: »An: meine einzige BONNIE, mit Hoffnung auf die Zukunft. Von: Vic.«

Er atmete hörbar aus und wollte sich mit dem Geschenk bereits davonmachen, als ihn eine helle Stimme stoppte.

»Du bist nicht der Weihnachtsmann.«

Er sah über die Schulter nach hinten; dort stand ein vielleicht fünf- oder sechsjähriges Mädchen in einem Schlümpfe-Pyjama und starrte ihn unverhohlen feindselig an.

Er erhob sich, beugte sich nach vorn, stützte sich mit den Händen auf den Knien ab, führte dann den

Zeigefinger an den Mund und flüsterte ihr zu: »Ich bin einer seiner Helfer. Und du musst Nina sein.«

»Ich bin Susy«, antwortete sie herablassend. »Nina ist schon fast zwölf.«

»Oh, richtig.« Dann, überlegte er, dürfte Nina von Baby Chewyface nicht gerade begeistert sein. »Du bist schon ein so großes Mädchen, dass ich dich mit deiner großen Schwester verwechselt habe. Ho, ho, ho.«

»Wie heißt du?« Ihre Miene wurde nicht freundlicher.

»Charlie.«

»Was machst du hier?«

»Ich vergewissere mich, dass die Geschenke auch richtig ankommen.«

»Du klaust unsere Geschenke!«

»Du weckst noch alle auf. Und das willst du doch nicht, oder?«

»Das ist mir egal. Es ist sowieso bald Zeit zum Aufstehen.«

»Wie alt bist du, Susy?«

»Ich bin fünf.« Sie zeigte auf das Paket. »Das ist von meinem Dad an meine Mom. Stell es zurück!«

Charlie sah zum Anhänger und tat überrascht. »Ja, tatsächlich, tatsächlich.« Er legte es neben den Baum, in geringer Entfernung von den anderen Geschenken.

»Nicht dahin! Dahin, wo es war! Weiter hinten!«

Er hob es erneut auf und legte es sorgfältig an seinen ursprünglichen Platz. »Das hätten wir also. Gut, ich denke, ich muss jetzt wieder zum Nordpol zurück. Und du solltest auch wieder ins Bett gehen, bis es wirklich Zeit zum Aufstehen ist.«

Sie starrte ihn wenig überzeugt an. »Ich bin viel zu aufgeregt, um noch zu schlafen.«

»Wenn du es nicht versuchst, muss ich das dem Weihnachtsmann erzählen. Das wird ihm gar nicht gefallen.«

»Du kennst den Weihnachtsmann überhaupt nicht.«

»Das glaubst du vielleicht.«

»Warum hast du nur einen Schuh?«

»Der andere ist mir aus dem Schlitten gefallen.«

»Gut.« Die Kleine seufzte, wirkte, als fügte sie sich ihrem Schicksal, und drehte sich um. Einen Moment lang dachte er, er hätte es abgebogen, als sie ihm über die Schulter hinweg mitteilte: »Ich werde es Mom sagen.«

Charlie kniete sich nieder, packte das Geschenk und stürzte, begleitet von einem gellenden Schrei der kleinen Susy, in die Dunkelheit der Küche davon, prallte mit der verletzten Hüfte gegen die scharfe Kante der Kücheneinrichtung und kämpfte schließlich mit dem Riegel der Hintertür.

»Mami! Jemand klaut unsere Geschenke! Mami!« Ihre Stimme klang wie ein Steinschneider, der sich durch Marmor fraß. Er warf die Tür auf und sprintete, so gut es mit einem Schuh möglich war, über den Schnee zu seinem Mercedes. Er warf das Geschenk auf den Beifahrersitz, ließ den Motor an, und als er sich in Bewegung setzte, sah er, wie oben im Haus das Licht anging.

Nach einem Kilometer glaubte er in der Ferne eine Sirene zu hören. Er bog auf den Parkplatz eines Supermarkts ein, schaltete die Scheinwerfer ab und blieb mit laufendem Motor unter einer Laterne stehen. Die Sirene kam näher, heulte lauter und lauter auf, bis ein Polizeiwagen auftauchte und mit rotem Signallicht über die Kreuzung in Richtung Bonnies Haus raste. Charlie war froh, dass bereits einige frühe Kirchenbesucher unterwegs waren. Er wusste nicht, ob Bonnie von ihrem Fenster den Mercedes gesehen hatte, jedenfalls sollte er von nun an darauf achten, dass er nicht das einzige Fahrzeug auf der Straße war.

Es war Zeit, zu Renata zurückzufahren, vorher aber wollte er noch einen Blick auf das Geld werfen. Ungeduldig riss er am grünen Geschenkpapier; es kam ein Pappkarton zum Vorschein, ein Bierkarton, der an zwei Seiten mit dem Miller-High-Life-Logo versehen und fest mit Klebeband verschlossen war. Nachdem er erfolglos versucht hatte, das Klebeband mit dem Fingernagel zu lösen, stellte er den Motor aus und schlitzte mit dem Zündschlüssel das Klebeband der Länge nach auf. Mit einem lauten Geräusch riss er die Seitenlaschen nach oben. Drinnen, im Licht der Laterne orangefarben beleuchtet, lag zusammengeknülltes Zeitungspapier. Er wühlte darin herum, bis er auf etwas Hartes stieß; er zog einen Holzklotz von der Größe und Form eines Tafelschwamms heraus. Schließlich warf er das zusammengeknüllte Papier auf den Boden der Beifahrerseite, holte etwa ein Dutzend weiterer Holzklötze hervor, bis er unten im Karton auf einen gelben Notizzettel mit der handschriftlichen Mitteilung stieß:

Fröhliche Weihnachten, du SCHLAMPE!
Auf Nimmerwiedersehen, Vic.

Verblüfft beugte er sich über das Lenkrad und atmete mehrmals tief ein, um nicht in Panik zu verfallen. Das Lenkrad hielt er so fest umklammert, dass seine Finger zu schmerzen begannen. Er besaß kaum noch Geld. Vielleicht würde Renata ihm so viel vorschießen, dass er wenigstens die Stadt verlassen konnte. Bedächtig legte er das zerknüllte Papier und die Holzklötze in den Karton zurück und stellte ihn neben das Auto auf den Parkplatz. Dann fuhr er davon; das Gaspedal ließ sich mit seiner nassen rechten Socke nur schwer kontrollieren.

Wieder parkte er den Mercedes in sicherer Entfernung von Renatas Haus und humpelte langsam zurück. Seine Hüfte schmerzte schlimmer als jemals zuvor, sein Schädel pochte im Rhythmus des Herzschlags. Er wollte auf ihr früheres Angebot, ihm einen Kaffee zu machen, zurückkommen, vielleicht sollte er sie auch um ein Aspirin bitten.

Er klingelte und wartete. Niemand kam. Die Gittertür war nur angelehnt, er öffnete sie und drehte am Türknauf. Er ließ sich bewegen, und er trat ins Haus. Im Wohnzimmer und in der Küche brannte noch Licht, aber es war nichts zu hören.

»Renata?« Keine Antwort. Neben dem Sessel am Kamin lag ein aufgeschlagenes Taschenbuch, die Seiten zeigten nach unten; das Cover war in seltsamen Farben gehalten, und über den zerknitterten Rücken zog sich ein Titel in einer Sprache, die Charlie nicht einordnen konnte. Im offenen Kamin brannte noch das Feuer, das letzte Scheit musste erst vor kurzer Zeit nachgelegt worden sein. Er ging durch den Gang und rief ihren Namen.

Links von ihm stand eine Tür halb offen. Im Zimmer war es dunkel, unsicher schritt er im dünnen Lichtschein des Wohnzimmers zu einer kleinen, von einer Krause umgebenen Stehlampe auf dem Nachttisch. Als er sie anschaltete, sah er, dass sie auf einem Spitzendeckchen stand. Daneben ein antikes Himmelbett mit einer Steppdecke, die hundert Jahre alt sein konnte. An den Wänden hingen Familienfotos, von denen viele in der Nachbarschaft aufgenommen worden waren – eines war eine Gruppenaufnahme aus den 30er Jahren, entstanden bei einem Firmenausflug am 4. Juli zum Lake Bascomb. Der Steg war im Hintergrund deutlich zu erkennen. Auf keinem der Fotos war Renata zu sehen; nichts hier sah aus, als ob es überhaupt ihr gehörte. Es war, als hätte sie das voll möblierte Haus mit den sentimentalen Relikten aus dem Leben eines anderen Menschen angemietet und bis auf ihre Kleidung und einige unentzifferbare Taschenbücher nichts mitgebracht, was auf ihre wahre Identität schließen ließ.

Die Hintertür war verschlossen. Über eine wacklige Holztreppe gelangte er in den Keller, der bis auf eine Pumpe und einen Heißwasserboiler völlig leer war. Langsam stieg er wieder die Treppe hinauf. Renata war fort, höchstwahrscheinlich mit seinem Geld, und die Möglichkeiten, die ihm noch blieben, wurden mit jeder Sekunde weniger.

15

Wieder parkte er um die Ecke und ging zum Sweet Cage, wobei er mit dem unbeschuhten rechten Fuß so leicht wie möglich aufzutreten versuchte, aus Furcht, unter der Schneedecke könnten Glasscherben liegen. Der einzige Wagen auf dem Parkplatz war ein schwarzer Lincoln Continental, Baujahr 1979, und einen kurzen, orientierungslosen Augenblick lang glaubte er, es wäre sein eigener Firmenwagen. Bei näherer Betrachtung erkannte er seinen Irrtum; dieser Lincoln hatte ein Kennzeichen aus einem anderen Bundesstaat. Es war Bill Gerards Wagen. Niemand saß darin.

Zwei frische Fußspurenpaare, männliche von der Fahrerseite, weibliche von der Beifahrerseite, führten vom Wagen zum Seiteneingang. Es sah so aus, als wären es die einzigen Spuren, seitdem es aufgehört hatte zu schneien. Charlie ging zum Seiteneingang und versuchte vorsichtig, ihn zu öffnen. Er war verschlossen, ebenso der Vordereingang. Er sah zum Münzfernsprecher an der Ecke und versuchte, sich eine überzeugende Ausrede einfallen zu lassen, warum er außerhalb der gewöhnlichen Geschäftszeiten ins Sweet Cage wollte. Nichts, was auch nur annähernd überzeugend klang, wollte ihm einfallen. Dennoch ging er hinüber und rief die Auskunft an.

»Haben Sie einen Eintrag für Sidney McCallum?«

»Ich habe einen S. J. McCallum in der Tennessee und einen D. S. in der Dreiundzwanzigsten.«

»Geben Sie mir beide.«

Er versuchte es zuerst bei S. J. McCallum in der Tennessee Street. S. J. stellte sich als eine junge Frau heraus, die sich lauthals darüber beschwerte, am Weihnachtsmorgen noch vor Anbruch der Morgendämmerung aus dem Schlaf gerissen zu werden. Obwohl sie ganz offensichtlich nicht Sidney war, legte die lebhafte und vulgäre Schimpfwortkaskade, die sich über Charlie ergoss, nahe, dass sie mit ihm in irgendeiner Weise verwandt sein müsse. D. S. in der Dreiundzwanzigsten stand für D. Sidney McCallum, und als er abhob, hatte er bis dahin noch kein Auge zugetan.

»Ich kann nichts machen, ich bin noch immer angearscht von meiner Mutter und ihrem Mann, die ohne Vorwarnung zu diesem verdammten *Garden of the Gods* aufbrechen und mir die Kinder aufhalsen. Und dazu noch dieses Arschloch, Rustis Freund, der hat mein Adrenalin heute Abend richtig in Schwung gebracht.«

»Ich dachte, nach einem so großen Adrenalinausstoß solltest du müde werden.«

»Werde ich aber nicht. Also, was ist los?«

»Ich weiß nicht, wo ich hin soll. Kann ich zu dir kommen?«

Damit war Sidney überrumpelt. »Ja. Wunderbar, ich muss mit dir sowieso was besprechen. Ich kann dir ein paar Eier und Kaffee machen. Die Kinder werden ohnehin erst in ein paar Stunden wach – hoffentlich.« Charlie notierte sich seine Adresse und humpelte so schnell wie möglich zum Mercedes zurück.

Fünf Minuten später ließ ihn Sidney ins Haus. »Tut mir Leid, hier herrscht eine ziemliche Unordnung. Wir haben nur selten Besuch.« Es war unaufgeräumt, aber sauber, wobei Spielsachen den maßgeblichen Grund für die Unordnung darstellten. Charlie sah sich nach einem Schlüsselbrett um, während Sidney ihn in die Küche führte. »Du bist also einfach durch die Gegend gegondelt?«

»Ja, mehr oder weniger.«

»Ich mach das auch manchmal, wenn die Schicht vorbei ist. An den Tagen, an denen ich die Kinder nicht habe. Da fahr ich einfach ohne irgendein bestimmtes Ziel durch die Gegend.« Er blickte auf Charlies Socke. »Sieht aus, als hättest du einen Schuh verloren.«

»Ja.« Er gab ihm keine Erklärung und hoffte, Sidney würde nicht nach einer verlangen.

»Willst du dir ein paar Stiefel leihen? Welche Größe hast du?«

»Zweiundvierzig.«

»Ich hab fünfundvierzig, bedaure.« Er öffnete einen Küchenschrank. »Ich kann dir Kaffee machen, wenn du willst.«

»Ich hätte gern einen Drink, wenn das geht.« Auch in der Küche befand sich kein Schlüsselbrett.

»Ich glaub nicht, dass ich was habe. Ich trinke zu Hause nichts, wegen der Kinder …« Als Sidney den Kühlschrank öffnete, standen zu Charlies großer Erleichterung in der Schranktür zwei Flaschen Bier. »Na, wer sagt's denn, du hast Glück.« Sidney zog eine der Flaschen heraus und ließ an der Kante der Küchenzeile den Kronkorken aufschnalzen.

Charlie nahm sie dankbar entgegen und hielt sie sich vor die Augen. Zwei 0,3-Liter-Flaschen würden die Schmerzen in seinem Kopf zwar nicht stoppen, aber zumindest lindern.

»Ich glaub, ich genehmige mir auch eins«, sagte Sidney und fasste bereits zur zweiten Flasche. Charlie zerriss es das Herz, als sich der große Mann die Flasche öffnete. Er nahm einen ersten erwartungsfrohen Schluck und glaubte, ihm müsse es noch mehr das Herz zerreißen, als er feststellte, dass die

Flasche seit mindestens einem Jahr im Kühlschrank gestanden haben musste. Das Bier war sauer und leblos, so bitter wie fermentiertes Aspirin, dennoch versuchte er sich einzureden, dass es genießbar sei. Er würgte den winzigen Schluck hinunter.

»Auf das nächste Jahr, Charlie«, sagte Sidney und setzte zu einem fulminanten Schluck an, der, noch bevor er die Kehle erreichte, den umgekehrten Weg nahm und als Sprühregen auf dem Kühlschrank und Charlies Mantel niederging. »Scheiße! Meines ist schal geworden. Ich hab dir ja gesagt, ich trink zu Hause nicht viel. Ist deines okay?«

»Ja, ein wenig flach, aber okay«, sagte er, während er ein weiteres Mal vorsichtig nippte. Es schmeckte noch schlimmer als beim ersten Mal; er stellte die Flasche neben den Ausguss und gestand sich die Niederlage ein. »Wenn ich's mir recht überlege, ist es doch schal geworden.«

Sidney schüttelte traurig seinen wuchtigen Schädel und goss den Inhalt beider Flaschen, eine fade, schaumlose Flüssigkeit, in den Ausguss. »Ich mach dir jedenfalls einen Kaffee. Geh doch schon mal ins Wohnzimmer und setz dich.«

Charlie setzte sich auf die Wohnzimmercouch, sah sich um und versuchte sich vorzustellen, wo die Schlüssel waren, wenn sie nicht in Sidneys Hosentasche steckten. In diesem Fall hatte er nicht die geringste Ahnung, was er tun sollte. Ihm blieben eigentlich nur zwei Möglichkeiten: Sidney in einem unbedachten Augenblick eins drüberzubraten oder ihn höflich darum bitten, ob er ihm nicht für einige Stunden seine Schlüssel leihen könnte. Keine der beiden Möglichkeiten klang viel versprechend. Nach einigen Minuten kam Sidney aus der Küche zurück, stellte Charlie eine Tasse Kaffee hin und ließ sich ihm gegenüber in einen Sessel mit verstellbarer Rückenlehne fallen.

»Du fragst dich wahrscheinlich, worüber ich mit dir reden möchte.« Bis zu diesem Moment war Charlie völlig entfallen, dass Sidney erwähnt hatte, er habe etwas mit ihm zu besprechen.

»Ja. Also, was liegt dir auf dem Herzen?«

»Glaubst du, der Junge wird Anzeige erstatten?«

»Ich weiß nicht. Ich bezweifle es.« Er hatte nicht darüber nachgedacht.

»Ich kann nicht glauben, dass ich das getan habe. Mir wird ganz übel deswegen, als hätte ich einen beschissenen Kater. Aber er ging doch mit dem Montiereisen auf sie los, Charlie, mit einem verdammten Montiereisen. Und ihr neuer Freund war auch keine Hilfe, verdammt noch mal. Der saß da wie ein Fötus zusammengerollt und *jammerte*, während dieser Typ die Seitenscheibe einschlug und auf ihn und Rusti losging.« Er schüttelte den Kopf. »Trotzdem. Ich weiß nicht, warum ich ihn nicht einfach ein wenig verdroschen und dann nach Hause geschickt habe. Mit seinen Händen, da ist er doch jetzt ein Krüppel fürs Leben.«

»Ich dachte, genau darum ging es. Er spielt doch Gitarre.«

Sidney lächelte bei dem Gedanken. »Ja.«

»Betrachte es mal so: Es fällt ihm jetzt nicht mehr so leicht, andere zu verprügeln.«

»Ja. Wenn ich an Rustis blaues Auge denke, dann fühl ich mich ein wenig besser. Aber darum geht's nicht, Charlie. Es geht ums Prinzip. Ich glaub einfach nicht mehr, dass man mit Gewalt Probleme lösen kann. Es geht ums Karma und den ganzen Scheiß.«

»Aber du bist doch Rausschmeißer.«

»Du wirst überrascht sein, wenn du erfährst, wie viele Hitzköpfe einfach gehen, wenn man sie zurechtweist. Es kommt nur auf den Tonfall an. Und darauf, wie intensiv man sie anstarrt.«

»Klar, ich hab's bei dir ja schon gesehen. Aber manchmal reicht's einfach nicht, wenn du sie nur anstarrst.«

»Ich weiß, ich weiß. Also, was glaubst du, wie hoch ist die Wahrscheinlichkeit, dass er mich anzeigt?«

»Keine Ahnung. Ich kenn die Bullen ziemlich gut, die ihn in die Notaufnahme geschafft haben, und sie waren von ihm genauso wenig beeindruckt wie du. Ich glaub also nicht, dass sie dir Probleme machen. Er war im Delirium, als sie ihn abholten.«

»Hattest du schon mal mit schwerer Körperverletzung zu tun, Charlie?«

»Nein. Da musst du dir einen Strafrechtler suchen, falls wirklich Anklage erhoben wird. Aber es würde mich sehr wundern, wenn es so weit kommt. Kennt er dich?«

»In gewisser Weise schon. Er weiß, dass ich Barmann im Sweet Cage bin.«

Charlie schrieb ihm einen Namen und eine Telefonnummer auf die Marlboro-Anzeige auf der Rückseite einer TV-Zeitschrift, die vor ihm auf dem Beistelltisch lag. »Ruf diesen Typen an, wenn es so weit ist. Erzähl ihm die ganze Geschichte, lass nichts aus, er verwickelt den Jungen dann schon in juristische Fallstricke. Mach dir keine Sorgen.«

Er testete die Temperatur des Kaffees, nippte vorsichtig und nahm dann einen großen Schluck. Charlie fiel es schwer, sich auf etwas anderes zu konzentrieren als das Sweet Cage und was dort im Augenblick vor sich ging. So wie er es sich zusammenreimte, zählten Bill Gerard und Renata gerade das Geld. Sein Geld. Einen kleinen Teil der Summe hatten sie Bill gestohlen, klar, aber das meiste hatten er und Vic rechtschaffen und ehrlich verdient.

Der große Mann seufzte und stand auf. »Willst du ein paar Rühreier? Ich mach mir nämlich welche.«

»Klar«, sagte Charlie. Sidney ging in die Küche zurück. Charlie schob die Hände in seine Manteltaschen und befingerte seinen Schlüsselbund. Plötzlich fiel es ihm ein. Er sah Sidney im Sweet Cage vor sich, wie er zu seiner hinter der Theke hängenden Jacke ging, um die Schlüssel zu holen. Er bewahrte sie in der Jackentasche auf, darum wusste er immer, wo sie waren. Charlie ging zum Garderobenschrank am Eingang, öffnete ihn, sah sich die Jacken an und versuchte festzustellen, welche die richtige war.

»Oh, tut mir Leid«, kam es von Sidney im Gang. »Ich hätte ihn dir gleich abnehmen sollen. Wie ich schon sagte, wir haben nicht oft Besuch.« Charlie lächelte verkniffen und zog seinen Mantel aus, als hätte er nichts anderes vorgehabt. »Ich wollte dich nur fragen, ob du drei oder vier Eier willst.«

»Drei, glaub ich.«

Sidney kehrte in die Küche zurück. Charlie entdeckte die Jacke ganz hinten auf der Stange. Er untersuchte erst die eine, dann die andere Außentasche. In der zweiten befand sich ein dicker Schlüsselbund. Leise ließ er ihn in seine Manteltasche gleiten und wandte sich zur Eingangstür.

Wieder erschien Sidney in der Küchentür. »Kannst du keinen Bügel finden?«

»Doch, doch.« Er zog den Mantel aus und hängte ihn in den Schrank, während Sidney wieder in die Küche zurückkehrte.

»Noch 'ne Minute, und sie sind fertig.«

Wenn er überstürzt davoneilte, riskierte er vielleicht, dass Sidney ihm folgte und sich die Schlüssel zurückholte; ohne sie käme er nie ins Sweet Cage. Er setzte sich erneut auf die Couch, blätterte die TV-Zeitschrift durch und redete sich ein, dass Renata und Bill einiges auf die Reihe bringen mussten und noch da sein würden, wenn er schließlich im Sweet Cage aufkreuzte. Die Zeitschrift war voll mit den weihnachtlichen Zeichentrickserien, die er sich Jahr für Jahr hatte ansehen müssen, als er noch bei Sarabeth und den Kindern gewohnt hatte. Bei einigen kannte er die Dialoge noch immer auswendig.

Sidney erschien mit zwei Tellern, auf denen graue Rühreier lagen, und stellte sie mit einer Flasche Tabasco auf den Beistelltisch.

Charlie nahm einen Bissen von den aschfarbenen Eiern. An einem Zacken der Gabel kebte, wie er bemerkte, ein alter, verkrusteter Speiserest. Die Eier waren fad. Er schüttete ausgiebig Tabascosauce darüber.

»Wie sind die Eier?«

»Gut, danke«, antwortete er, was, die Tabascosauce mit eingerechnet, beinah der Wahrheit entsprach.

»Es geht mir jetzt viel besser mit der ganzen Sache, Charlie. Du hast was gut bei mir.«

»Nein, nein. Die Eier reichen voll und ganz.« Erst jetzt bemerkte Charlie, wie hungrig er war. Hätte er mehr Zeit gehabt, hätte er Sidney um eine weitere

Portion gebeten. Sobald sein Teller leer war, stand er auf.

»Ich denke, ich brech mal wieder auf«, sagte er.

»Ja, ich sollte auch noch ein paar Stunden schlafen, bevor die Kinder wach werden.«

Charlie hatte nicht die geringste Ahnung, wie viele Kinder Sidney eigentlich hatte, noch wusste er irgendetwas über sie. »Wünsch ihnen von mir fröhliche Weihnachten.«

»Das mach ich, Kumpel. Dir auch ein frohes Fest. Du bist ein wirklicher Freund, weißt du das?« Sidney umschloss ihn mit seinen riesigen Pranken. »Wir sehen uns.«

Er öffnete die Tür, und Charlie eilte zum Mercedes.

»Hey, bist du den Lincoln losgeworden, oder was?«

»Firmenwagen«, sagte Charlie, als er einstieg.

Er bog in den Parkplatz des Sweet Cage und parkte quer vor Bill Gerards Lincoln, sodass sich beide Wagen fast berührten. Wenn Bill abhauen wollte, musste er den Mercedes rammen, was Schäden an beiden Fahrzeugen zur Folge haben würde. Charlie fragte sich nicht, was er mit diesem Manöver beabsichtigte, kam sich aber überaus raffiniert vor. Er stieg aus und betrachtete den Schnee. Noch immer waren nur die beiden Fußspuren zu sehen, die zum Gebäude führten, und seine eigenen von vorhin, aber keine, die von einer der beiden Türen weggingen. Am Haupteingang probierte er drei Schlüssel aus Sidneys Bund, bis er den richtigen gefunden hatte, der schließlich ins Schloss glitt und sich drehen ließ. Langsam öffnete er die Tür, vergewisserte sich, dass der vordere Raum leer war, trat hinein und zog leise die Tür hinter sich zu. Der Tresen war beleuchtet, ebenso Renatas Büro daneben. Er schlich an der gegenüberliegenden Wand entlang, lauschte, ob Stimmen zu hören waren, und als er keine hörte, näherte er sich dem Büro.

Von drinnen hörte er nun Renatas Atem. Sie klang, als wäre sie mit einer anstrengenden Tätigkeit beschäftigt. Er zog Roy Gelles' kleine Pistole aus der Mantelinnentasche und drückte die Tür auf. Renata blickte von ihrem Schreibtisch auf; ihre Hände waren darunter verborgen. »Du bist heute Nacht voller Überraschungen, Charlie«, sagte sie mit leiser Stimme.

Er fuchtelte mit der Pistole. »Nimm die Hände nach oben, damit ich sie sehen kann.«

»Stell dich nicht so dämlich an. Und schrei hier nicht so rum. Du siehst zu viele alte Filme.«

Er richtete die leere Waffe auf ihr Gesicht. »Leg die Hände auf den Tisch.«

»Das geht nicht. Komm, sieh's dir an.« Mit einer Kopfbewegung gab sie ihm zu verstehen, dass er um den Schreibtisch kommen sollte, was er zögernd tat. Ihre Hände waren mit Handschellen an ein Tischbein gefesselt, was sie zu ihrer nach vorn gebeugten Haltung zwang.

»War das Bill?«

»Du bist ein Genie, Charlie.«

»Scheiße. Wo steckt er? Was ist, wenn er zurückkommt? Das Ding ist nicht geladen.«

Der Gangsterfilm-Aspekt, der ihn vor wenigen Augenblicken noch erregt hatte, hatte plötzlich jeglichen Reiz verloren.

»Er ist beim Pinkeln.«

»Wo sind die Schlüssel?«

»Weiß ich nicht. Wahrscheinlich in seiner Hosentasche.«

»Spielt auch keine Rolle. Ich heb den Tisch hoch, und du kannst die Handschellen rausziehen. Bevor er zurückkommt, sind wir verschwunden.«

»Nein. Er hat dein Geld.«

»Wie ist er daran gekommen?«

»Das weiß ich nicht.«

»Es lag jedenfalls nicht unter Bonnies Weihnachtsbaum.«

»Er kam zu mir, nur kurz nachdem du gegangen bist. Er beschuldigte mich, mit Vic gemeinsame Sache gemacht zu haben.«

»Nur mit Vic? Nicht auch mit mir?«

»Er äußerte sich nur zu Vic. Er versucht, mich zum Reden zu bringen.«

»Wie?«

»Zieh den Kragen meines Pullovers nach unten.« Sie zuckte zusammen, als er es tat. Drei runde, rote frische Wunden zeichneten sich an der rechten Seite ihres Nackens ab.

»O Gott, stammen die von Zigaretten?« Er bemerkte den frischen Zigarettenrauch im Raum.

Sie nickte ohne die geringste Spur von Selbstmitleid. »Unter der Theke liegt ein Gewehr. Du kannst damit umgehen?«

»Wesentlich besser als mit dem Ding hier.« Er schob Roys Waffe in seine Manteltasche.

»Hol es. Wenn er hier wieder reinkommt, warte, bis ich sage: ›Gut, ich sag dir alles, was du wissen willst.‹ Das ist das Zeichen, dass du freie Schussbahn hast.«

»Ich bin draußen, hinter der Bühne«, sagte er. Sie nickte.

Das Gewehr lag griffbereit in einem Regal unterhalb des Tresens. Charlie nahm es heraus und ließ sich viel Zeit, den Verschluss zu öffnen, um jedes hörbare Klicken zu vermeiden. Es war geladen. Er nahm sich noch eine Hand voll Patronen aus einer Schachtel im Regal und verstaute sie in seiner Manteltasche. Er hatte keine Waffe mehr abgefeuert, seitdem er in der Armee gewesen war; das letzte Mal hatte er eine Schrotflinte wohl als Teenager in der Hand gehabt. Er versuchte sich zu erinnern, was er als Letztes geschossen hatte, aber es wollte ihm nicht einfallen. Eine Ente vielleicht oder eine Wachtel höchstwahrscheinlich. Er war noch nie scharf darauf gewesen, vor dem Morgengrauen aufzustehen und sich in einen Unterstand zu kauern, nur um auf die Enten zu warten. Er ließ den Verschluss einrasten und ging mit der Flinte, den Lauf nach oben, zu der kleinen, runden Bühne. Der erste Versuch, sich hinter das Podest zu knien, löste einen schmerzhaften Stich in seiner Hüfte aus. Schließlich legte er sich auf die Seite, bereit, sich jederzeit zu erheben, wenn Gerard von der Herrentoilette zu Renatas Büro ging.

Seine freie Hand strich gegen etwas Weiches auf dem Boden. Er hob es auf und erkannte Amy Sues blaues Höschen. Er wunderte sich, warum sie es nach ihrer letzten Vorstellung nicht mehr angezogen hatte, beschloss dann aber, dass er es weder wissen wollte noch zu wissen brauchte. Er rieb den seidigen Stoff zwischen den Fingern, dann hängte er es an den Lauf des Gewehrs, ließ es kreisen und sah zu, wie das glitzernde blaue Höschen in der kalten, abgestandenen Luft des Clubs herumwirbelte.

Erst als die Toilettenspülung betätigt wurde, hörte er damit auf. Er bemerkte kaum noch, dass das Höschen halb über den Lauf nach unten rutschte, während er entsicherte und über den Rand der

Bühne spähte. Die Tür zur Herrentoilette ging auf, und Bill Gerard, ein großer, schmerbäuchiger Mann, schlenderte heraus und fummelte an seinem Gürtel; sein ansonsten makelloses Silberhaar war wild zerzaust. Über den Arm hatte er die Jacke des braunen Dreiteilers gelegt, die Weste hing ihm offen um die schmalen Schultern. Sogar aus zehn Metern Entfernung konnte Charlie erkennen, dass er einen Ständer spazieren führte und eine Rasur nötig hatte. Er verfolgte mit dem Lauf den Weg des Kopfes. Als der Zeitpunkt kam, den Abzug durchzuziehen, überraschte ihn Bill durch sein lautes Gebrüll, und der Augenblick war vorüber.

»Weißt du, was mich am meisten anarscht?«, brüllte er in ihr Büro. »Dass ich nicht mitbekomme, wie meine Enkel ihre Geschenke auspacken, wenn ich mich nicht bald auf den Weg mache. Und wenn ich dann ankomme, werde ich ziemlich erledigt sein.«

Er verschwand im Büro. Charlie erhob sich umständlich und unter Schmerzen. Er hörte Renatas Stimme, konnte aber nicht verstehen, was sie sagte. Bill Gerard brüllte nicht mehr, aber auch sein normaler, nasaler, dröhnender Tonfall war von Charlies Position aus deutlich zu verstehen.

»Wie lange willst du mich hier noch aufhalten?« Charlie war sechs Meter von der Tür entfernt. »Wir könnten die Sache ziemlich schnell beenden, wenn du dich entschließen würdest, mit mir zu reden.«

Renata antwortete etwas, das Charlie nicht verstand.

»Da hast du Recht. Weißt du also, was ich von dir will? Ich will, dass du deinen hübschen, kleinen, roten Mund öffnest, und wenn du dann gelernt hast, wer hier das Sagen hat, dann rückst du vielleicht auch die Informationen raus, die ich haben will.«

Charlie konnte Renatas Erwiderung nicht verstehen, aber er war nun nah genug dran, um durch die Tür zu spähen. Gerard hatte seinen Schwanz aus der Hose gezogen und hielt ihn eregiert in der Hand, nur wenige Zentimeter vor Renatas ausdruckslosem Gesicht. Sie gab durch nichts zu erkennen, dass sie Charlie vor der Tür stehen sah.

»Jetzt mach deinen Mund auf«, sagte Gerard und rückte näher an Renata heran. Charlie hatte dessen Kopf im Visier. »Los, verdammt noch mal, ich mach keinen Spaß.«

Gerards Kopf war keine fünf Meter vom Lauf entfernt. Charlie zögerte. Tu so, als sei es eine Ente. Eine reglose, kraushaarige Ente mit einem Ständer. Er zog den Abzug durch, das Gewehr ging los und löste einen überraschten Aufschrei von Gerard aus; sein weißes Haar war von roten Pünktchen durchzogen, von der auseinander stiebenden Schädel- und Gehirnmasse, die Charlie eigentlich erwartet hatte, war nicht das Geringste zu sehen. »Was zum Teufel …« Gerards Stimme war eine Oktave höher. Als er sich umdrehte, hielt er noch immer seinen Schwanz fest. »Charlie? O Gott, der Einzige, von dem ich glaubte, ich könnte ihm hier trauen.« Er warf einen Blick auf das Gewehr. »Eine 410er? Du willst mich mit einer beschissenen 410er-Schrotflinte umbringen? Ich weiß nicht, ob ich darüber lachen oder beleidigt sein soll.«

»Keine Bewegung, Bill.« Charlie näherte sich Gerard. »Das war nur, um deine Aufmerksamkeit zu erregen. Auf diese Entfernung kann ich dich umbringen.«

Gerard grinste, ließ seinen Schwanz los und fasste in seine Weste. Er zog eine Pistole Kaliber 22 heraus und richtete sie auf Charlie. »Jetzt bist du nur noch ein Haufen Scheiße, Charlie. Und jetzt leg das verdammte Ding weg.«

Charlie zielte noch immer auf Bill Gerards Kopf und musste sich zwingen, nicht zu Renata zu blicken, die sich lautlos vom Stuhl herunter auf die Knie begeben hatte und bereit war, Gerards Schwanz zu attackieren, der halb eregiert vor ihr auf und ab federte.

»Du milchgesichtiger Furzer, du hast ja noch nicht einmal beide Schuhe an. Komm schon, Charlie. Ich will hören, wie ihr mein Vertrauen missbraucht habt, bevor ich euch erschieße. Ich will Einzelheiten hören. Ich will …« Er brach ab, seine Augen traten hervor, er ließ die Pistole sinken. »O

Gott …« Erst jetzt sah Charlie zu Renata. Sie hielt mit dem Mund seinen Schaft umschlossen, allerdings nicht in der Weise, die er beabsichtigt hatte – sein Schwanz klemmte der Länge nach zwischen ihren Zähnen, die bereit waren, ihn jeden Moment in Einzelteile zu zerbeißen. Bills momentane Panik verwandelte sich aber schnell in Wut; er drückte ihr den Lauf der Pistole gegen den rechten Wangenknochen. »Wenn ich auch nur das Gefühl habe, du könntest vielleicht zubeißen, dann werde ich dir das Auge rausschießen.«

Charlie machte drei schnelle Schritte nach vorn und feuerte; der Lauf war keinen halben Meter von Gerards Gesicht entfernt. Das Schrot fraß sich in die Haut, Gerard fiel nach hinten über. Renata ließ seinen Schwanz los, robbte zur Seite und sah zu, wie er auf dem Boden aufschlug. Sein Gesicht war mit winzigen, sauberen Löchern übersät, die sich schnell mit Blut füllten, das schließlich überquoll, während er abgehackt nach Luft rang.

»Ich hab dir sehr geholfen, Charlie, verdammt noch mal.« Seine Stimme klang klebrig, sein Mund füllte sich mit Blut.

»Charlie!«, bellte sie. Es stand außer Frage, wer hier das Kommando führte. »Nimm die verdammte Pistole und erledige ihn.«

Er hob die Pistole vom Boden auf und richtete sie auf Bill Gerards löchriges, ausfließendes Gesicht.

Bill sah nicht aus, als kümmerte es ihn, was Charlie als Nächstes tat. »Er stirbt sowieso.«

»Nimm das Kissen und leg es ihm auf den Kopf.«

Er holte ein grünes, samtenes Sitzkissen vom Stuhl in der Ecke und legte es Gerard wie befohlen aufs Gesicht. Gerard wehrte sich nicht; er schien sich der Anwesenheit von Charlie kaum noch bewusst zu sein. Charlie drückte den Lauf gegen das Kissen und feuerte. Die Pistole klang nicht schlecht, dachte er, machte sich dann aber Sorgen wegen des Lärms, den das Gewehr verursacht hatte. Fast hätte er das Kissen weggezogen, überlegte es sich dann aber anders. Renata betrachtete ihn kühl.

»Warum hast du mir nicht gesagt, dass es eine Schrotflinte ist? Das hätte uns beide fast das Leben gekostet.«

»Deswegen habe ich dir doch gesagt, du sollst warten, bis ich mein Sprüchlein aufsage.«

»Ich hab dich da draußen nicht gehört. Außerdem hättest du seinen Schwanz im Mund gehabt, wenn ich noch länger gewartet hätte.«

»Und, was soll's? Außerdem hätte er seinen da sowieso dringehabt, oder? Ich wollte ihm einen blasen, ihn damit ablenken, und dann hätte ich das Stichwort gegeben und du hättest näher an ihn herankommen können.« Sie schüttelte den Kopf, verwundert über seine Unfähigkeit, auch nur den einfachsten Anweisungen zu folgen.

Charlie seufzte. »Um das Stichwort zu geben, hättest du den Blowjob unterbrechen müssen, und er hätte mich gehört.«

»Ich hätte es erst gesagt, nachdem er gekommen wäre.«

»Wozu brauchst du überhaupt diese beschissene Knallbüchse hinter dem Tresen? Noch dazu, wenn sie mit *Schrot* geladen ist?«

»Sidney ist dafür zuständig. Er will niemanden umbringen.«

»Vom Standpunkt der Haftbarkeit aus gesehen ist das ziemlich dumm. Juristisch stehst du sehr viel prekärer da, wenn Sidney jemanden zum Krüppel macht, statt ihn gleich vollends umzulegen.«

»Gut, jetzt weiß ich das auch.«

»Wo ist das Geld?«

Sie wies mit einem Kopfnicken auf eine Tasche, eine Art altmodischen Arztkoffer. Charlie hob sie vom Boden hoch und stellte sie auf den Schreibtisch. »Nur zu, mach sie auf. Bill hat es mir schon gezeigt.«

Charlie atmete tief durch. Er löste die Schnappriegel und öffnete sie.

»Wie viel Geld ist es, Charlie?«

Er hätte beim Anblick der vielen, durch Gummibänder zusammengehaltenen Dollarbündel, die achtlos in die Tasche geworfen worden waren, fast geweint. »Es ist verdammt viel Geld.« Obenauf lag ein Umschlag mit zwei Flugtickets, die auf die Namen G. und B. Newman ausgestellt waren. Er warf die 22er mit einem Dankgebet auf die Geldbündel. Bill Gerard hatte seinen Plan gerettet.

»Reicht es, um mich mitzunehmen, oder willst du mich auch umbringen?«

Verblüfft sah er sie an. »Ich werde dich nicht umbringen.«

»Charlie, soeben wurde einem Mann in meinem Büro das Gehirn rausgepustet. Das wird es mir nicht leichter machen, weiterhin im Geschäft zu bleiben. Es werden sogar einige juristische Finten nötig sein, um nicht ins Gefängnis zu wandern. Es sieht so aus, als hättest du da wesentlich mehr Geld in deiner Tasche, als dieser Club wert ist. Wenn du mich nicht mitnimmst, kannst du mich auch gleich umbringen.«

»Ich werde dich nicht umbringen.«

»Dann nimm mich mit. Du wirst es nicht bereuen. Wir könnten viel Spaß miteinander haben, Charlie.«

Er betrachtete die Tickets. Neben ihnen im Umschlag lagen eine Wegbeschreibung und eine Quittung, die bestätigte, dass sie bar bezahlt worden waren. Weder G. noch B. Newman waren ein Vorname oder ein Geschlecht zugewiesen. Sie konnten Mr. und Mrs. Gregory Newman sein. Er hatte den Namen und die Adresse eines Dokumentenfälschers in New York, der ihm innerhalb von zwei

Tagen einen Pass ausstellen würde. Es wäre nicht schwierig, einen zweiten für Renata in Auftrag zu geben. Allein die Tatsache, dass zwei Flugtickets in der Tasche lagen, bewies, dass Vic eine Frau mitnehmen wollte, oder? Dunkel wurde er sich der Möglichkeit bewusst, dass er bei Vics Plänen bereits einmal falsch gelegen hatte, doch wollte er sich momentan nicht damit befassen.

»Gut. Du kannst mitkommen.«

Bill Gerard hatte mehr als nur seinen Plan gerettet. Durch ihn war Charlies süßeste Fantasie wahr geworden, eine Fantasie, die er sich niemals laut auszusprechen getraut hatte, die es aber gegeben hatte, vergraben in den Tiefen seines Unbewussten: er und Renata, irgendwo in den Tropen, wie sie oben auf seinem riesigen Geldhaufen miteinander vögelten, und gleich nebenan eine gut ausgestattete Bar.

»Dann heb den Schreibtisch an.«

Charlie hob die Ecke des Tisches hoch; die Schmerzen in seiner Hüfte wurden von seiner Euphorie überdeckt. »Glaubst du, dass jemand die Schüsse gehört hat?«

»Wahrscheinlich nicht«, sagte sie, während sie die Handschellenkette unter dem Tischbein herauszog. »Wir sind der Musik wegen ziemlich gut isoliert. Die Schrotflinte ist nicht besonders laut, und das Kissen hat die 22er gut gedämpft. Trotzdem sollten wir hier nicht länger bleiben, als unbedingt notwendig ist. Such doch schon mal in seinen Taschen nach dem Schlüssel für die Handschellen, dann können wir zu mir, und ich pack meine Tasche.«

Er kniete sich nieder und schob seine Hand in Bill Gerards Hosentasche. Der Körper zuckte kurz, fast unmerklich, als er ihn berührte. Charlie riss in seiner Panik das Kissen vom Gesicht. Die Wunden bluteten nicht mehr.

»Keine Sorge, er ist tot. Such den Schlüssel.«

Wieder schob er die Hand in Bills Hosentasche und holte dessen Brieftasche und dann einen übervollen Schlüsselbund heraus, den er Renata zuwarf.

»Er wird den Schlüssel für die Handschellen doch nicht am gleichen Bund wie seine Hausschlüssel tragen, meinst du nicht auch? Schau in seiner Hemdtasche nach.«

In der Hemdtasche befand sich ein kleines Schlüsselpaar an einem Drahtring. Er schloss die Handschellen auf; sie zog den Kragen ihres Pullovers nach unten, damit er nicht auf ihren Brandwunden scheuerte. »Ich sollte was Desinfizierendes auftragen. Komm schon, gehen wir.«

»Kann ich vorher noch ein Bier haben?«

Sie fasste in die unterste Schublade und reichte ihm eine Flasche Johnnie Walker Black Label. »Hier. Den nehmen wir mit zu mir.«

»Einen Moment.« Charlie kniete sich erneut nieder und zog Gerard die Schuhe aus. Größe zweiundvierzig. Er zog seinen Schuh und beide Socken aus, schlüpfte dann in Bills trockene Socken und probierte dessen linken Schuh an, einen burgunderfarbenen Budapester. Er passte ihm besser als sein eigener Schuh. Er zog auch den anderen an und schritt auf und ab. Die Probleme, die noch anstanden, schienen kaum mehr der Rede wert zu sein.

16

Die Fahrt in Richtung Süden zum Flughafen würde, je nach dem Zustand der Straßen, mindestens zweieinhalb Stunden dauern, aber die Elf-Uhr-Maschine nach New York lag durchaus noch im Bereich des Möglichen; und falls sie diese verpassen sollten, gab es andere. Er spielte mit dem Gedanken, die Tickets auf die erste Klasse umschreiben zu lassen.

Diesmal parkte er den Wagen direkt in Renatas Einfahrt. Die Sonne war noch nicht aufgegangen, der Himmel aber hellte sich bereits auf, als sie durch die Hintertür ihr Haus betraten.

»Warte im Wohnzimmer, solange ich meine Sachen packe, Charlie.«

Er setzte sich an den offenen Kamin und stellte die Tasche, sicher ist sicher, zu seinen Füßen ab. Erneut nahm er Renatas Taschenbuch zur Hand und versuchte herauszufinden, in welcher Sprache es geschrieben war. Die Schriftzeichen stammten aus dem römischen Alphabet, enthielten aber seltsame Buchstaben und Akzente, und auch auf der Copyright-Seite fand er keinen Namen, der mit einer ihm bekannten Stadt übereinstimmte. Das Papier war billig und brüchig, einige Seiten fielen ihm lose entgegen und hatten sich vom Rücken gelöst. Das Cover bestand aus einem naiv-amateurhaften Bild und zeigte einen Bauern und seine Frau, die mutig ihrer noch im Nebelschleier liegenden Zukunft entgegenblickten. Es sah aus, als stammte es aus dem Ostblock – Ungarn? Polen? Litauen?

»Keine Zeit mehr zum Vögeln, denke ich, aber wenn du willst, dann blase ich dir einen, bevor wir fahren«, rief sie vom Schlafzimmer. Ihr Akzent war eine Spur stärker als sonst, als spürte sie, dass er sich Gedanken über ihre Herkunft machte. »Aber vorher kannst du dir ja noch einen Drink einschenken.«

Er sah auf die Tasche. Drinnen befand sich der Johnnie Walker. Er beschloss, bis nach dem Blowjob zu warten, und stand auf. Sie war über eine offene Reisetasche gebeugt, die auf ihrem Bett stand. »Lässt du die Fotos da?«

Sie sah zu den gerahmten Fotografien, als hätte sie ganz vergessen, dass sie überhaupt noch da waren. »Sie gehören mir nicht.«

»Wem gehören sie dann?«

»Woher soll ich das wissen? Warum wartest du nicht im Wohnzimmer?«

»Woher stammst du, Renata? Ursprünglich?«

»Warum stellst du mir solche Fragen, Charlie? Was hat das mit der Sache hier zu tun?«

»Ich bin nur neugierig. Ich hab mich schon immer gefragt, woher du eigentlich kommst.«

»Das ist eine lange Geschichte. Wir haben noch viel Zeit, uns besser kennen zu lernen, meinst du nicht auch?«

»Ja.« Er ging zum Sessel am Kamin zurück, öffnete die Tasche, drehte den Verschluss des Johnnie Walker auf und zerriss die Steuerbanderole. Sein Blick fiel auf die Pistole. War sie gesichert? Besaß eine 22er-Pistole überhaupt eine Sicherung? Er stellte die Flasche ab und nahm die Waffe in die Hand. Er hatte vor dieser Nacht noch nie einen Menschen getötet, und nun gleich zwei. Drei, wenn man hinzurechnete, dass er Vic geholfen hatte, Roy Gelles umzubringen. Sagen wir zweieinhalb. Er fragte sich, wie viele Menschen Vic, Roy und Bill im Lauf der Jahre getötet hatten. Außer Desiray fiel ihm jedoch kein Vorfall ein, bei dem er mit Gewissheit hätte sagen können, dass einer der drei einen Menschen umgebracht hatte. Bill Gerard hatte angeblich eine seiner Straßennutten mit den bloßen Fäusten zu Tode geprügelt, weil sie ihm widersprochen hatte, aber Charlie hatte immer vermutet, dass die Geschichte aufgebauscht oder sogar frei erfunden war, um Bills Kollegen oder Konkurrenten einzuschüchtern und zu beeindrucken. Letztendlich war es relativ leicht gewesen, Bill umzubringen, selbst für einen Anfänger. Er wog die Pistole in der

Hand und dachte daran, wie knapp er dem Tod entronnen war. Ein simpler Nervenreiz, hervorgerufen von Renatas Zähnen, die Bills Schwanz in die Zange nahmen, hatte Charlie und Renata vor der Kugel bewahrt.

Er warf die 22er in die Tasche und begann sich auszumalen, wie Renata ihm einen blies. In diesem Moment fiel ihm wieder Renatas Plan in Schwindel erregender Deutlichkeit ein: Sie hatte Bill einen blasen und ihn dann, auf dem Höhepunkt der Ablenkung, umbringen wollen. Er blickte um die Ecke des Kamins in Richtung Schlafzimmer. Dass Renata mit ihm flüchtete, ergab keinen Sinn. Es lag nicht in ihrer Natur, auf die Großzügigkeit eines anderen angewiesen zu sein.

Du beschissener Idiot! Er stellte die Flasche erneut ab und näherte sich ihrem Schlafzimmer.

»Ich bin fast fertig, Charlie. Setz dich wieder hin.«

»Ich wollte dich nur was fragen.«

Sie blickte auf. »Was?«

Er hatte keine bestimmte Frage in petto. »Nichts. Tut mir Leid.«

»Setz dich wieder. Ich bin in einer Sekunde fertig, und dann blas ich dir einen, wie du es noch nie erlebt hast.«

Er ging ins Wohnzimmer zurück und setzte sich, nahm die 22er und wartete. Fast hätte er es zugelassen, dass seine berauschende Erleichterung über das wiedergefundene Geld und die fantastische Aussicht auf ein Leben mit einer tollen, unerreichbar scheinenden Frau sein Urteilsvermögen trübten. Renata hatte mit Vic unter einer Decke gesteckt, und höchstwahrscheinlich hatte sie auch die Bullen gerufen und den Einbruch in Bonnies Haus gemeldet. Er hatte mehr als eine Viertelmillion Dollar in seiner Tasche und hätte sie fast für einen Blowjob eingetauscht, dessen Höhepunkt er nicht mehr erlebt hätte.

Er achtete auf die Geräusche im Schlafzimmer. Sie sang ein Lied, das er nicht identifizieren konnte. Sie musste irgendwie bewaffnet sein. Sein einziger taktischer Vorteil bestand darin, dass sie weiterhin glaubte, er stehe unter ihrer Kontrolle.

»Ich bin fast fertig, Charlie«, rief sie. »Soll ich nackt kommen oder in einem sexy Negligé?«

Beides hätte ihn in seinem Entschluss nur geschwächt. »Voll angezogen.«

»Wie? Den Anzug, den ich gestern anhatte?«

Das wäre noch schlimmer gewesen. Er schloss die Augen. »Was du jetzt trägst. Wir haben nicht mehr viel Zeit.«

»Wie du willst, Charlie.«

Er stand auf, schritt durch das Zimmer und stellte sich mit gezogener Pistole in den Schatten neben die Küchentür.

»Wie lange werden wir in New York sein? Zwei,

drei Tage? Und dann verlassen wir das Land? … Charlie?«

Sie blieb am Kamin stehen und drehte sich zum Badezimmer um; er hob die Pistole. Sie war schön, ihr Gesicht fast sanft, weicher, als er es jemals gesehen hatte. »Charlie?« Sie gluckste, als signalisierte seine Abwesenheit den Beginn eines Spiels. Sie wandte sich zum Schlafzimmer, die Brauen in gespielter Neugier gefurcht. »Bist du da drin? Hast du dich hinter meinem Rücken da hineingeschlichen?« Als sie aus dem Blickfeld verschwand, ließ er die Pistole sinken. Er folgte ihr in den Gang.

»Charlie?« Sie steckte den Kopf ins Schlafzimmer, ein Bein ragte noch in den Gang. Jetzt war der Augenblick gekommen, jetzt, da er ihr Gesicht nicht sehen konnte. Tu so, als sei sie eine Ente. Er feuerte, der Schuss hallte durch das kleine Haus wie die Detonation eines Feuerwerks. Renata fiel in den Türrahmen; am Rücken ihres schwarzen Pullovers bildete sich ein kleiner, feuchter Fleck. Als sie auf die Eichendielen sank, gab sie ein leises Keuchen von sich und drehte sich dabei auf die Seite, sodass sie Charlie anblickte.

»Warum zum Teufel hast du das getan? Ich glaube, du hast die Lunge getroffen. O Gott, Charlie, ruf einen Arzt.«

»Tut mir Leid«, sagte Charlie und legte erneut an. Der zweite Schuss schien noch lauter zu sein als der erste. Er wusste, er musste so schnell wie möglich verschwinden. Er traf sie wieder in die Brust.

»Warum, Charlie, warum nur?« Die Traurigkeit in ihrem Gesicht und in ihrer Stimme ließen ihn für einen Moment denken, er habe die falsche Entscheidung getroffen. Aber es gab kein Zurück mehr.

»Es tut mir Leid«, wiederholte er.

»Ruf den Notarzt.«

»Du weißt, ich kann das nicht tun.«

»Dann setz dich zu mir und halt mich fest«, flehte sie.

Er kniete sich neben sie, um sie noch kurz zu trösten, bevor er sie erledigte. Sie begann zu wimmern, als er einen Arm um sie legte, und als aus dem Wimmern ein Fluchen wurde, sprang er gerade noch rechtzeitig von ihr weg, um dem Tranchiermesser zu entkommen, mit dem sie es auf seine Kehle abgesehen hatte. Das Messer ritzte ihn ein wenig seitlich am Hals, und während er mühsam aufstand, gab er jede Hoffnung auf, nah genug an sie heranzukommen, um ihr die Pistole direkt an die Schläfe zu halten. Er feuerte ein drittes Mal, traf sie in die Stirn und unterbrach sie mitten im Satz, einem Fluch, den sie auf Ungarisch, Litauisch oder Polnisch sprach. Er stand über ihr, weinte und war verzweifelt darüber, dass sich seine Vermutung bestätigt hatte. Dann warf er die Pistole in die Tasche und verließ durch die Hintertür das Haus. Der Himmel war bewölkt, hatte sich aber aufgehellt und barg das Versprechen des heraufdämmernden Morgens. In keinem der Nachbarhäuser war das Licht angegangen, dennoch nahm er an, dass man ihn gesehen hatte.

Er fuhr zum Sweet Cage, um sich Bill Gerards Wagen zu holen – er ging davon aus, dass die Nachbarn die Schüsse gehört hatten und einer vielleicht die Geistesgegenwart besessen hatte, sich die Nummer von Betsy van Heutens Mercedes zu notieren. Es gefiel ihm nicht, den Mercedes aufzugeben; er zog sogar in Betracht, die Nummernschilder auszutauschen, doch das würde Zeit beanspruchen, und man konnte ihn dabei beobachten. Außerdem war es nur eine zweieinhalb- oder dreistündige Fahrt zum Flughafen.

Er parkte den Mercedes neben dem Lincoln und schloss mit Sidneys Schlüsseln den Seiteneingang auf. Er ging durch den dunklen Raum zu Renatas Büro, in dem der tote Bill lag. Die Schrotflinte lag auf dem Schreibtisch, Amy Sues blaues, schimmerndes Höschen war noch immer um den Lauf gewickelt. Daneben befanden sich Bills Schlüssel, so wie sie Renata hatte fallen lassen. Er schob sie in seine Manteltasche, wo bereits seine eigenen und Sidneys lagen. Als er sie klimpern hörte und das Gewicht spürte, das gegen seinen Oberschenkel drückte, sah er bereits die Probleme vor sich, die sich am Metalldetektor des Flughafens ergeben könnten. Er zog seinen eigenen, den am wenigsten nützlichen Schlüsselbund heraus und warf ihn auf den Boden. Nicht unbedingt der sauberste Tatort, dachte er, als er die Schlüssel neben der Leiche und die Flinte mit seinen Fingerabdrücken betrachtete. Er hatte nicht mehr die Zeit, sie sauber zu wischen. Außerdem wäre er bereits weit, weit weg, wenn man das alles hier entdeckte und sich einen Reim darauf machte. Irgendwie kam es ihm sogar komisch vor.

Er bog in Bills Lincoln aus dem Parkplatz; wieder musste er an Sidneys Schlüsselbund denken. Daran hingen nicht nur die Schlüssel zum Club, sondern auch die Haus- und Autoschlüssel, Dinge, die nicht leicht zu ersetzen waren. Er riss sich kein Bein aus, wenn er bei Sidney vorbeifuhr und sie in den Briefkasten warf. Und dann würde er sich davonmachen.

Er parkte vor Sidneys Haus, stieg aus und warf die Schlüssel in den Briefkasten, setzte sich wieder ans Steuer und stieg erneut aus. An Weihnachten kam keine Post, Sidney würde bestimmt seine Schlüssel brauchen, lange bevor er einen Blick in den Briefkasten warf. Er nahm sie also wieder aus dem Kasten und schritt über den knirschenden Schnee zum Eingang. Die Gittertür war nur angelehnt, er legte den Schlüsselbund auf den Knauf, sodass er zu Boden fallen würde, wenn die Tür bewegt wurde. Er war bereits wieder auf dem Weg zum Wagen, als die Tür aufging und die Schlüssel mit einem metallenen Klack zu Boden fielen.

»Charlie?«

»Ach, Sidney, ja, ich hab zufällig deine Schlüssel mitgenommen.«

»Meine Schlüssel?« Sidney beugte sich nieder und hob den Schlüsselbund auf. »Wie konnte das geschehen?«

»Sie fielen runter, als ich meinen Mantel aufhängte. Ich dachte, es wären meine, und hab sie mitgenommen. Warst du schon im Bett?«

»Wozu die Mühe? Die Kinder sind sowieso in einer Stunde wach. Danke, dass du sie mir zurückgebracht hast. Ohne sie wäre ich aufgeschmissen.«

»Gut, frohe Weihnachten.«

»Dir auch, Charlie.« Sidney drehte sich um und ging hinein.

Er spürte, wie er müde wurde. Kurz dachte er daran, zum Flughafen der Stadt abzubiegen und sich die dreistündige Fahrt zu sparen. Doch dieser Teil von Vics Plan schien wasserdicht zu sein. In diesem Fall würde er eine Spur hinterlassen, die zu ihm führte, noch bevor er New York verlassen hatte – ansonsten würde es im Idealfall mehrere Tage dauern, bis jemand herausfand, dass er zweihundertfünfzig Kilometer weiter südlich einen Flug nach New York genommen hatte. Auf Nebenstraßen näherte er sich der südlichsten Auffahrt zur Schnellstraße, eine alte Angewohnheit, durch die er sich dreißig oder vierzig Cent Maut sparen konnte, und nahm dabei sogar einen kurzen Umweg durch eine Wohnsiedlung in Kauf, um das Apartment einer alter Freundin noch einmal zu sehen. Er hielt davor an. Es war das letzte Apartment in einem von mehreren identischen roten Backsteingebäuden, die in Viererreihen eng beieinander standen. Er wusste nicht mehr genau, in welchem Gebäude sie gewohnt hatte, und er hatte nicht die leiseste Ahnung, was aus ihr geworden war. Tatsächlich erinnerte er sich kaum mehr an sie, außer an ihren Namen, wie sie ausgesehen und wo sie gewohnt hatte. Aber während er so dasaß, schien es ihm, als hätte er in einem dieser kleinen Löcher einige der besten Nächte seines Lebens verbracht. Die Gebäude waren seit seinem letzten Besuch heruntergekommen. Im trüben Dämmerlicht des Morgens sah er, dass sich am nächsten Hauseingang das Holz in langen, dünnen vertikalen Spänen von der Tür schälte; davor hing eine zerfetzte Gittertür. Er machte sich wieder auf den Weg.

17

Die Mautstelle war mit einem älteren, fröhlichen Mann besetzt. »Frohe Weihnachten«, wünschte er Charlie, als er ihm den Kontrollabschnitt reichte. »Sieht aus, als wäre es mit dem Schnee jetzt vorbei.«

»Ja, hoffentlich.«

»Besuchen Sie Ihre Familie?

»Hm-hm.«

»Na, dann schöne Feiertage.«

»Danke, Ihnen auch«, sagte er und kurbelte das Fenster des Lincoln wieder hoch. Er rollte auf die Schnellstraße; nach fünf Kilometern kam er an einem Schild vorbei, das ihn darauf hinwies, dass er soeben die Stadtgrenze verlassen hatte. Um niemals wiederzukommen, fügte er laut hinzu. Die Straße war geräumt und frei, nur hin und wieder war Schneematsch zu sehen. Er konnte die zulässige Höchstgeschwindigkeit überschreiten, ohne Gefahr zu laufen, die Kontrolle über den Lincoln zu verlieren. Der große Wagen fühlte sich gut und vertraut an. Dennoch vermisste er den Mercedes. Er hatte sogar Schuldgefühle, wieder am Steuer des

Lincoln zu sitzen, auch wenn es Bill Gerards Wagen und nicht sein eigener war – der ja ebenfalls Bill Gerard gehört hatte.

Erst auf der ruhigen, fast leeren Straße fiel ihm auf, dass er, seitdem er das Sweet Cage verlassen hatte, in der Stille vor sich hin gefahren war. Er schaltete das Radio an und drehte so lange, bis er einen klaren Empfang hatte. Wieder war ein Country-Sänger zu hören, der ein Weihnachtslied von sich gab; darauf folgte der fistelstimmige Polizeireporter, der von neuem auf Sendung war und live aus dem Polizeihauptquartier berichtete. Charlie fragte sich, wie viele Stunden er wohl arbeitete. Er hatte noch nie einen anderen Moderator gehört, und ihm war auch noch nie aufgefallen, dass er krank oder im Urlaub gewesen war. Mit eigenartiger Befriedigung hörte Charlie, wie er von einer Schlägerei in einem Nachtclub nördlich der Stadt erzählte, zu der der Sheriff gerufen worden war, ohne das Tease-o-Rama beim Namen zu nennen. Er fuhr mit einem Einbruch im Westen der Stadt fort; es konnte Bonnies Haus gewesen sein. Danach ließ er sich über einige kleinere Delikte aus, die nichts mit Charlie zu tun hatten und ihn nicht interessierten. Über Leichen, die irgendwo entdeckt worden waren, hatte er noch nichts zu berichten.

Als er an der ersten Tankstelle vorbeikam, sah er auf die Tankanzeige. Sie befand sich beinahe im roten Bereich. Da er nicht wusste, wann er auf die nächste treffen würde, die an Weihnachten geöffnet hatte, wechselte er auf die linke Spur und bog dann in die auf dem Mittelstreifen gelegene Raststätte ab. Er stellte den Wagen an einer Zapfsäule ab, fischte einen Hundert-Dollar-Schein aus einem der mit Gummibändern verschnürten Bündel in der Tasche, zog ihn einige Male zwischen den Händen straff und genoss den Anblick und das Gefühl. Er hatte lange warten müssen, bis er sein Geld ausgeben durfte.

In der Tankstelle war nur die Kassiererin, eine pummelige, nicht sehr glücklich aussehende junge Frau mit kurzem kastanienbraunem Haar und einem teigigen Junkfood-Teint. »Frohe Weihnachten«, rief Charlie, als er das Gebäude betrat. Sie sah träge auf und zeigte keinerlei Reaktion, als er sich einen Styroporbecher nahm und sich aus der Plexiglas-Kanne Kaffee einschenkte. Er stellte den Becher auf den Schalter, daneben legte er den Hundert-Dollar-Schein. »Nur den Kaffee, und dann werde ich draußen an Nummer sieben noch auftanken.«

Sie zog eine Schnute. »Das kann ich nicht wechseln. Außerdem muss ich das auch nicht. Sehen Sie das Schild?« Sie zeigte hinter sich auf die Wand:

KEINE 50ER ODER 100ER
UND KEINE SCHECKS

»Okay. Dann behalten Sie das Wechselgeld. Wie wär's damit?«

Sie runzelte die Stirn. Irgendetwas war faul an der Sache, dessen war sie sich sicher. »Das sind ja um die neunzig Eier.«

»Fröhliche Weihnachten.«

»Ja, Ihnen auch«, sagte sie und inspizierte den Schein. Als sie zu dem Schluss kam, dass er echt war, schaltete sie ihm die Zapfsäule an. »Danke, Mister. Der Kaffee geht aufs Haus.«

Der Kaffee munterte ihn etwas auf, stellte er fest, während er wieder am Steuer saß, dennoch spürte er, wie er trotz der Kälte schläfrig wurde. Er drehte am Senderknopf des Radios und fand den gleichen Mist wie am Tag zuvor, Weihnachtslieder und Musiksendungen, aber keine Nachrichtenprogramme. Im Gegensatz zu seinem Firmen-Lincoln besaß Bills Wagen einen Kassettenrecorder. Er beugte sich zum Handschuhfach hinüber und fand zwei Kassetten, »Fröhliche Weihnachtslieder« und »Frank Sinatra's Greatest Hits, Vol. II«. Er beschloss, beim Radio zu bleiben.

Bei der zweiten auf dem Mittelstreifen gelegenen Raststätte, die er passierte, waren Tankstelle und Restaurant geschlossen. Er gratulierte sich zu seiner weisen Voraussicht und verfluchte sich für die Dummheit, den Wagen ganz aufgetankt zu haben, obwohl er ihn bald nicht mehr brauchte – bis ihm bewusst wurde, dass er auch für einen halben oder einen viertel Tank hundert Dollar hätte ausgeben müssen.

Zu beiden Seiten der Straße standen nackte, dürre Bäume. Der Himmel war grau, nur in der Ferne, direkt über dem Horizont, zeigten sich blass-gelbe Flecken. Hin und wieder landeten vereinzelte Schneeflocken auf der Windschutzscheibe, was in ihm das befriedigende Gefühl wachrief, dass er nach den zwei, höchstens drei Tagen in New York nie mehr auch nur eine Stunde in einem kalten Klima zubringen musste.

Drei Kilometer nach der geschlossenen Raststätte kam er an einem am Straßenrand geparkten Wohnmobil vorbei, dessen Warnblinkanlage aufleuchtete. Ein älterer Mann spähte in den Motorraum, daneben stand eine Frau gleichen Alters, die die Arme gegen die Kälte verschränkt hatte und aussah, als würde sie jeden Moment zu weinen beginnen. Sie taten ihm Leid, aber die Highway Patrol würde sie bestimmt auflesen, dachte er. Er musste den Flieger erwischen.

Eineinhalb Kilometer weiter – wieder dachte er an den verängstigten, verzweifelten Blick der Frau – machten sich Zweifel breit. Er war bislang keinem Wagen der Highway Patrol begegnet. Es war bitter kalt, und er wusste verdammt gut, dass er, falls nötig, auch eine andere Maschine nehmen konnte. Er hatte es geschafft, die Stadt zu verlassen, er konnte es sich jetzt leisten, großzügig zu sein.

Was soll's, dachte er, es ist Weihnachten. Er wechselte auf die linke Fahrspur und überquerte bei der nächsten Wendestelle mit ihrer einschüchternden Warntafel den Mittelstreifen.

WENDESTELLE
NUR FÜR DIE HIGHWAY PATROL

Als er in Gegenrichtung erneut an ihnen vorüberfuhr, war er fast dankbar, dass sie noch immer da waren. Es gab keine weiteren Wendemöglichkeiten mehr bis zur geschlossenen Raststätte, an der er abbog, am Restaurant vorbeifuhr und wieder auf die Schnellstraße in südlicher Richtung wechselte. Drei Kilometer weiter hielt er hinter ihrem großen beigeweißen Wohnmobil an. Der Alte werkelte noch immer unter der Motorhaube; er trug eine Holzfällerjacke und ein speckiges Barett.

»Probleme?«

Der Mann blickte unter der geöffneten Motorhaube auf. »Die gottverdammte Karre ist nagelneu, und ich weiß nicht, was ihr fehlt.«

»Wir haben kein Benzin mehr«, sagte die Frau genervt und voller Verachtung. »Du kannst noch nicht mal eine Tankanzeige lesen. Nicht der Karre fehlt was, sondern dir!« Auch die Frau trug eine Holzfällerjacke und ein Barett. »Zehn, fünfzehn Wagen sind schon vorbeigekommen, aber kein einziger hat angehalten.«

»Ich könnte Sie zu einer Tankstelle mitnehmen, nur weiß ich nicht, wie weit es bis zur nächsten ist, die an Weihnachten geöffnet hat. Haben Sie einen Trichter?«, fragte Charlie. »Ich hab erst vor fünfzig Kilometern getankt. Ansonsten könnte ich Sie auch zurückbringen.«

»Wir hätten bei der ersten anhalten sollen«, sagte die Frau. »Ich hab's dir ja gesagt!«

»Vielleicht könntest du jetzt mal endlich deinen Mund halten.« Der Alte starrte sie feindselig an, was auf sie keinerlei Wirkung zu haben schien. »Ja, ich hab einen Trichter. Dot, hol ihn doch. Du weißt, wo er ist.«

Die Frau kletterte an Bord, und der Alte starrte wieder auf den Motor. »Na ja, ich glaub nicht recht, dass es am Benzin liegt. Diese verdammten neuen Maschinen, da kennt man sich überhaupt nicht mehr aus.«

Dot kehrte augenblicklich mit einem Gummischlauch und einem Acht-Liter-Metallkanister zurück; der Alte nahm sie und ging nach hinten zum Lincoln, während Charlie bereits den Tankdeckel öffnete. »Soll ich Ihnen helfen?«

»Ich kann das verdammte Benzin schon allein umfüllen. Danke.«

Der Alte begann durch den Schlauch das Benzin anzusaugen, und Charlie gesellte sich zu Dot.

»Nehmen Sie es Gunther nicht übel. Er meint, Weihnachten sei jetzt versaut.«

»Schon in Ordnung. Wohin wollen Sie denn?«

»In die verdammt falsche Richtung. Er glaubt, dass man bei einer dieser Ausfahrten nach Süden abzweigen kann und auf eine Straße trifft, die nach Westen führt – da könnten wir Zeit sparen, meint er. Schon möglich, aber was hilft es, wenn man die gewonnene Zeit wieder verliert, weil einem das Benzin ausgeht?«

»Da haben Sie Recht.«

»Mein erster Mann war ein verlogener Säufer, aber ihm ist nie das Benzin ausgegangen, nie, solange ich ihn gekannt habe. Ich war Krankenschwester, da musste man immer pünktlich und verantwortungsbewusst sein, und mir ist auch niemals das Benzin ausgegangen. Aber ihm!« Mit verächtlicher Miene deutete sie über die Schulter auf Gunther, der vom Lincoln Benzin absaugte. »Ich hab in meinem ganzen Leben keinen getroffen, der so viel Scheiße im Hirn hat wie er. Schauen Sie sich die verdammte Karre an. Wir können sie uns nie im Leben leisten, aber da steht sie. Ich weiß nicht, was mich geritten hat, ihn zu heiraten.«

Gunther sah mit zusammengekniffenen Augen auf. »Was hast du gesagt?«

»Ich hab gesagt, du hast Scheiße im Hirn, du dämlicher alter Esel.«

Er schnaubte und fuhr dann mit seiner Arbeit fort.

»Ich würde Sie ja bitten, mit reinzukommen, damit wir nicht in der Kälte herumstehen müssen, aber da drin ist das reinste Chaos, und außerdem ist er sowieso bald fertig.«

»Schon in Ordnung«, sagte Charlie. »Wie fährt sich das Ding auf Eis?«

»Beschissen. Zumindest, wenn Gunther am Steuer sitzt. Sie haben einen Kratzer am Hals, wissen Sie das?«

Er strich mit dem Finger über die Stelle, an der ihn Renata mit dem Tranchiermesser geritzt hatte. Es fühlte sich rau, trocken und geronnen an; als er den Finger wegzog, klebte glänzendes Blut daran. »Das muss beim Rasieren passiert sein.«

Gunther erhob sich, nachdem der Kanister fast voll war, und ging zum Tank des Wohnmobils, um das Benzin umzufüllen.

»Ich gehe davon aus, dass wir bis zur ersten Tankstelle zurückfahren müssen«, sagte Dot. »Das Benzin wird wohl nicht viel weiter reichen.«

»Gunther«, rief Charlie. »Wenn Sie mehr brauchen, nehmen Sie sich ruhig noch einen Kanister.«

»Sehr freundlich«, rief Gunther zurück, nahm

den leeren Kanister und den Schlauch und ging erneut zum Lincoln.

»Das ist sehr nett von Ihnen, Mister.« Dot zitterte. »Ich weiß wirklich nicht, warum wir unbedingt am Morgen des Weihnachtstages aufbrechen mussten.«

In der Ferne näherte sich ein Wagen, bei dessen Anblick Charlies Schließmuskel sich erneut zusammenzog. Ein Wagen der Highway Patrol; er wurde langsamer, bremste ab und blieb dann neben ihnen stehen. Der Polizist auf dem Beifahrersitz kurbelte das Fenster herunter.

»Haben Sie Probleme?«

»Jetzt nicht mehr, Officer. Dieser junge Mann hilft uns mit dem Benzin aus.«

»Läuft das Ding nicht mit Diesel?«

»Nein, mit Benzin. Diesel ist an den Tankstellen so schwer zu bekommen.«

Der Polizist lehnte sich aus dem Beifahrerfenster und sah zu Gunther, zwischen dessen Mund und dem Tank des Lincoln der Schlauch hing. Er blickte auf, nickte, ohne die Lippen vom Schlauch zu lassen, und signalisierte den Polizisten, dass alles in Ordnung sei.

»Gut. Dann wünsche ich Ihnen noch schöne Weihnachten.«

Charlie und Dot nickten, lächelten, und der Wagen setzte sich wieder in Bewegung.

Gunther füllte zum zweiten Mal den Kanister

auf, schritt zum Wohnmobil, schüttete fast alles Benzin in den Tank, kletterte in die Fahrerkabine und versuchte den Motor zu starten. Er stotterte und ächzte, sprang aber nicht an.

»Na, was hab ich gesagt? Es liegt nicht am verdammten Benzin.«

»Du hast doch von nichts 'ne Ahnung! Füll ein wenig in den verdammten Vergaser.«

Gunther stieg mit dem Kanister aus, machte sich am Vergaser zu schaffen und leerte dann den Kanister hinein. Dot sah mit verschränkten Armen zu Charlie herüber. »Er war mal *Polizist!* Können Sie sich das vorstellen? Ich hab noch keinen getroffen, der so hilflos ist.« Gunther flüchtete in die Fahrerkabine. Beim ersten Versuch sprang der Motor an, der dann gleichmäßig vor sich hin brummte. Gunther sah auf die Motorhaube, als traute er der Maschine nicht, steckte dann den Kopf heraus und rief: »Ich hab ihn zum Laufen gebracht!«

»Gratuliere!«

»Ich lass ihn noch 'ne Minute laufen, damit er warm wird.«

»Nach ungefähr eineinhalb Kilometern kommt eine Wendestelle, da können Sie umdrehen«, sagte Charlie.

»Nochmals vielen Dank.« Dot ging um den Wagen herum und stieg an der Beifahrerseite ein.

Charlie sah ihnen zu, wie sie sich in der Fahrerkabine anfauchten; er fühlte sich großartig. Er hatte ihnen geholfen. Als er zum Lincoln zurück wollte, wurde ihm bewusst, dass er pinkeln musste. Er hatte bereits genug Zeit verloren, er wollte nicht ein weiteres Mal an einer Raststätte anhalten. Drei bis vier Meter vom Straßenrand entfernt stand eine Reihe von Bäumen, auf die er am Heck des Wohnmobils vorbei zuschritt.

Hinter den Bäumen erstreckte sich ein Feld, und in der Ferne konnte er eine Scheune und, wie er meinte, das Dach eines Hauses erkennen. Er stellte sich an einen Baum und betrachtete den dampfenden Strahl, der gegen die sich dunkel färbende Rinde platschte. Überdeutlich nahm er den Geruch des Urins und der Rinde wahr, und auch der Rauch aus einem Holzofen lag in der Luft. Er zog den Reißverschluss zu, drehte sich zum Farmhaus hin und sah, dass dort wirklich Rauch aus dem Kamin stieg. Dann kehrte er zurück, wieder vorbei am Heck des Wohnmobils, und blieb davor stehen, um den Spruch zu lesen, den Gunther dort in großer Groteskschrift aufgepinselt hatte:

> WAS ZÄHLT, IST NICHT DAS ZIEL DER
> REISE, SONDERN DAS, WAS MAN DABEI
> ERLEBT UND SIEHT.
>
> DOT & GUNTHER

Deswegen sind diese verdammten Kisten also so langsam, dachte Charlie und wollte sich bereits abwenden, als das Wohnmobil unvermittelt rückwärts ruckelte und ihn mit der Heckleiter im Gesicht traf; er wurde nach hinten in den Schnee geworfen. Eine Sekunde später spürte er, wie der Hinterreifen gegen seinen rechten Arm stieß, darüber hinwegwalzte, ihn zerquetschte und dann über seinen Brustkorb rollte; sein Sichtfeld verengte sich augenblicklich und färbte sich entlang des rapide kleiner werdenden Randes rot und schwarz ein. Dann war alles weg.

»O Gott, Gunther, du bist gegen etwas gerummst.« Ein zweiter Schlag war zu spüren, als das Wohnmobil mit den Hinterreifen über etwas Großes rollte.

»Vor allen Dingen«, blaffte er zurück.

»Halt an und lass uns nachsehen.«

Gunther ignorierte sie resolut und ging in den ersten Gang. Wieder hob sich das Fahrzeug, als es über das Ding walzte.

»Verdammt noch mal, halt an, ich steig aus.« Sie öffnete die Tür und sprang bereits hinaus in den Schnee, während das Wohnmobil abbremste.

»Frau, ich hab dir schon so oft gesagt, steig erst aus, wenn ich den Wagen ganz zum Stehen gebracht habe!«

Sie wandte sich Gunther zu, ihre Stimme überschlug sich fast. »O Gott, Gunther, steig aus, du hast ihn überfahren.«

Der junge Mann lag hinter dem Wohnmobil auf dem Boden, die Blutlache, die sich um seinen Brustkorb im Schnee abzeichnete, vergrößerte sich rasch. Sie griff nach seinem Handgelenk und fühlte den Puls, zog dann sein rechtes Augenlid nach oben und überprüfte die Pupille.

Gunther kam taumelnd nach hinten. »Ist er tot?«

»Das kannst du aber laut sagen.«

»Na ja, was hatte der dämliche Arsch da hinten auch verloren?«

»Das würde ich auch gern wissen.« Sie berührte den Kragen seines Mantels. Er sah sehr teuer und warm aus und war aus einem dicken Tweed-Material gefertigt. An den Füßen trug er auf Hochglanz polierte, burgunderfarbene Schuhe. Tränen traten Dot in die Augen. Der junge Mann war nicht sehr viel älter als ihr eigener Sohn.

»Was machen wir jetzt?«

»Einen Streifenwagen anhalten, wenn einer das nächste Mal vorbeifährt.«

»Ja, toll, einfach toll. Damit ich mir eine ganze Wagenladung beschissener Probleme aufhalse, wenn ich das erklären soll. Und meinen Führerschein verliere.«

Sie griff in Charlies Mantel auf der Suche nach

einer Brieftasche. »Mal sehen, wer er ist ...« Sie fand keine Brieftasche, aber einen Schlüsselbund.

»Sieht aus, als wäre die Brieftasche auf dem Armaturenbrett«, sagte Gunther.

Er nahm den Schlüssel, schloss die Beifahrertür auf und griff sich die Brieftasche. »Er heißt Charles Lewis Arglist. Mitglied der Anwaltskammer. Visa, Master Card ...« Er zog die Tasche vom Sitz und spähte hinein. Flugtickets, eine 22er Pistole, eine Flasche Johnnie Walker und mehr Geld, als Gunther jemals in seinem Leben gesehen hatte. Er holte tief Luft, atmete langsam aus, dann klappte er die Tasche zu und trug sie zusammen mit der Brieftasche zum Wohnmobil zurück.

»Oben auf der Mikrowelle liegt eine Plane. Hol sie.«

»Wozu, verdammt noch mal?«

Er öffnete die Tasche und zeigte ihr den Inhalt. »Wir nehmen ihn mit.«

Sie starrte Gunther an, dann das Geld, dann richtete sie ihren Blick auf die Leiche am Boden. »Großer Gott, er muss eine Bank ausgeraubt haben.«

»Beeil dich und hol die Plane, bevor noch jemand kommt und ihn sieht. Und bring eine Schaufel mit, damit ich den blutigen Schnee zu den Bäumen schaffen kann.«

Eine halbe Stunde später waren sie an der Raststätte und tankten auf. Es begann sich aufzuklaren, am Himmel zeigten sich zwischen den Wolken kleine, isolierte blaue Flecken. Dot hatte – zum Wohlgefallen Gunthers – kaum ein Wort gesprochen, seit sie die Leiche in die Plane gewickelt und im Stauraum untergebracht hatten. Sie würden wieder in Richtung Süden fahren, bis sie auf die nach Westen führende Abkürzung stießen, die nach etwa achtzig Kilometern auf eine alte Straße traf, die zu einem Steinbruch führte. Der Steinbruch war seit Jahren überflutet und würde den jungen Mann noch viele Jahre verbergen. Dann weiter nach Westen, und bis sie ihr Ziel erreicht hatten und anfingen, ein wenig von dem Geld auszugeben, würde Dot den jungen Mann gänzlich vergessen haben.

Er ging hinein, bezahlte das Benzin und besorgte zwei Becher Kaffee. Die junge Frau hinter der Kasse schien trotz der Tatsache, dass sie an Weihnachten zu arbeiten hatte, sehr fröhlich zu sein. Als er ging, wünschte sie ihm ein frohes Weihnachten.

»Glaubst du, die Polizisten werden sich an uns erinnern?«, fragte Dot, als er den Motor anließ.

»Sie haben sich unser Nummernschild nicht angesehen, haben nur gefragt, ob wir Probleme hätten. Wenn sie später vorbeikommen und den Wagen finden, werden sie annehmen, dass er verlassen wurde. Den größten Teil des blutigen Schnees habe ich zur Seite geräumt, von der Straße aus ist er kaum zu sehen. Wahrscheinlich wird die ganze Sache zu einem Vermisstenfall, der nie geklärt wird. Aber das Wichtigste ist: Wir dürfen nicht vergessen, dass wir jetzt einen Haufen Geld besitzen. Wir können den Wagen und die Hypothek abbezahlen, und wenn wir vernünftig damit umgehen, reicht das, was dann noch übrig bleibt, sehr, sehr lange.« Er bog auf die Schnellstraße Richtung Süden ein und legte eine Weihnachtskassette auf, die er im Handschuhfach des jungen Mannes gefunden hatte.

Dot lächelte, zum Teil beruhigt. Gunther bedauerte, dass er den jungen Mann überfahren hatte, aber es war nun mal geschehen und nicht mehr zu ändern. Das Einzige, was er mit Bestimmtheit wusste, war, dass er das Geld nie, nie wieder hergeben würde.

»Wann, glaubst du, sind wir im *Garden of the Gods?*«, fragte sie.

»Um fünf oder sechs, spätestens.« Auf der Kassette sang ein Chor »Good King Wenceslas«, und trotz der unerfreulichen Aufgabe, die ihm noch bevorstand, fühlte er sich so entspannt wie noch nie, seit sie am Morgen das Haus verlassen hatten.

Dot lehnte sich zurück und schloss die Augen, sie

beachtete den Kaffee nicht. Und noch bevor sie an dem verlassenen Wagen des jungen Mannes vorbeifuhren, war er aus ihren unruhigen Träumen verschwunden und an seine Stelle war eine wunderschöne Tasche voller Geld getreten.